風俗夢譚

街の底を歩く

髙部雨市
Takabe Uichi

現代書館

風俗夢譚＊目次

装幀　毛利一枝
装画　髙部晴市

一章　桜の木の上のＭ嬢

ミシミシと鳴く古ぼけた椅子の上に立つ、義理の父の痩せた後ろ姿が眼に入った。着馴れた白いワイシャツの袖を巻くり上げた左手で、押し入れの天袋の引き戸に手を掛けると、片腕しかない上体を、無意識にバランスをとるようにしてゆっくりと開けた。

天袋の中を、一瞬凝視すると、まるで延長する機械仕掛けの腕のように、片腕がスルスルと伸びて、紐で括られた雑誌の把《たば》を引っ張り出した。それからもう一度、今度は注意深くバランスをとると、雑誌の把を片腕にぶら下げたまま、ストンと軽妙な動作で椅子から下りた。

義理の父は、雑誌の把をぶら下げたまま、私の所へ来ると、何気ない表情でポツリと言った。

「タカべくん、これ読まない……？」

私の眼の前に、高さ四十センチ程の古雑誌の把が鎮座し、一種独得の匂いが漂った。その匂いは、懐かしさでもあり、カビ臭さでもあり、奥床しさでもあった。

「これ、昔古本屋をやっていた時のものなんだ。読むなら持っていっていいから……」

キッチリと紙紐で縛られた古雑誌の把は、所どころ背表紙が剝がれているもの、変色しているもの、あるいはタイトルが掠《かす》れているものなど三十冊程だった。タイトルを見れば、『りべらる』、『風俗草紙』が数冊の他は、ほとんどが『奇譚クラブ』だった。

ふと、私の胸が小さく揺れた。

「あっ、貰ってもいいいんですか……？」

私はなぜか不思議な感覚を伴《ともな》ったまま呟いていた。

肩越しに、私の妻が怪訝そうな表情で覗き込んでいるような気がした。しかし妻は、微笑みながら古雑誌の把を眺めると、屈託のない顔で言った。

「ずいぶん古いのね。一九五三年ていえば、私が三歳の時じゃない……」

私は、無雑作に紙紐を緩めると、数冊を取り上げた。

『奇譚クラブ』。表紙を飾るイラストレーション、そこに描かれている女たちは皆、小悪魔的な雰囲気をもっていた。エキゾチックであり租界風とでもいおうか、退廃とコケティッシュが混在した表情を見せていた。そしてページをめくれば、様々に緊縛された女たちが、極めて個性的な筆遣いによって描かれていたのだった。

不意に、私の脳髄の深部に、理由のないわずかな沸点が生まれ、咄嗟に私は唾液を飲み込んだ。ゴクリという音が耳許で響き、私はなぜか羞恥心から逃れようと、唐突に声を漏らしていた。

「あっ、じゃァ、これ貰っていきます……。ああ、そう……、昔、古本屋やってたんですか……」

私の心模様など素知らぬように、義理の父は、痩せた後ろ姿を見せて部屋を出て行った。

あの日の不意の出来事から十数年の間、古雑誌は、本棚の奥に仕舞い込まれていたのだが、時折、思い出したように私の手許に引っ張り出され、私の心にわけのわからない胸苦しさを与えた。それは、未知なるものへの好奇心……？　いや、私の心の深層にある、私自身の本来的な性への道程としてのイメージ……？

私は、古雑誌のシミだらけのざら紙に記された様々な文章、取り分けマゾヒズム的傾向の文章を読む時、私の心にさざ波が立ち、私のペニスに熱い溶岩流が流れ下るのを感じた。

サディズム　相手を虐げることによって性的満足を得る異常性欲。
マゾヒズム　異性の相手から、身体的、精神的な虐待・苦痛を受けることによって性的満足を得る異常性欲。（『広辞苑』）

異常性欲か……。

このあまりに明快な文脈に、私はたじろぐのだろうか。見せかけの公序良俗社会の中で、異常性欲と誹《そし》られた行為——金を対価として得られる異常性欲は巷に溢れているのだが————。

私はおののきながらも、人間の持つ不可思議さ、まだ見ぬものへのアプローチに、さざ波立つ心を押えることができなかった。

一九九九年、夏、上野にある酒場で顔馴染みになった上野界隈の生字引、シュウちゃんが、トロンとした眼に笑みを浮かべながら、私に話しかけてきた。

「タカべさーん、僕さァ、いつも飲んだくれてるじゃない。もう上野で四十年近く飲んだくれてる……。上野もずいぶん変わっちゃったけどさァ、時々、ああ、やっぱり上野はイイなァって思うこともあるの。この近くに、深夜から朝までやってるオカマのおっ母《かあ》がやってる店があってね。そこでこの前さァ、鶯谷のホテル街でポンビキやってるMさんていう人に会ったの。Mさんがさァ、いろんなね、オモシロイ話聞かせてくれてね。そう、ポンビキ人生？　タカベさんに聞かせたかったなァ……」

シュウちゃんは、酒場の喧噪の中で、その日の出会いを反芻するようにゆっくりと話した。

ふと私の脳裏に、鶯谷のホテル街の路地が浮かび上がり、闇の中に佇む街娼たちの影が揺れた。

「そのMさんていうポンビキの人、鶯谷のどこにいるんですか……？」

私は何気なく呟いていた。

瞬間、シュウちゃんのトロンとした眼に、輝きが射したように見えたのは、私の思い過ごしだろうか。

「あっ、そう、タカベさん、アレおもしろいから会ってみる？　そう、鶯谷のホテル街に神社あるでしょ。確か、あそこの前にいるって言ってたから。そう、会ってみる、僕の名前出してもイイから……。たぶん、九時過ぎからいるようなこと言ってたから……」

シュウちゃんは、顔中に笑顔をつくると、焼酎のレモン割りを一気に飲み干した。

その夜から程なくして、私は鶯谷のラブホテル街にある神社の前をぶらつきながら、シュウちゃんの言う、ポンビキのMさんが来るのを待っていた。時刻は十時を少し回っていた。ラブホテル街のネオンサインに映し出された路地には、束の間の愛？　を育てようとするのか、あるいは爆発寸前の欲望の果てを見ようとするのか、若い男と女が彷徨《さまよ》い歩く。そして、ラブホテルの前に表示されたホテル代と、それぞれのフトコロ具合を勘定しつつ、愛と欲望の狭間の中で右往左往と戸惑いながら、ラブホテルの門をくぐる。しかし、出て来た時の男たちの虚ろな表情は一体何なのだろうか。果ててしまった今、愛？　は遠退いたのだろうか。腕に寄り添う女を、男たちは疎まし気な表情で垣間見る。欲望、そして勃起、挿入、射精の呪縛の中で、男たちの性への思考は一時停止してしまう。

　瞬間、私の心に苛立たしい気持ちが広がった。その気持ちがどこから来るのか、私にはわかっていたのだ。最早、私にとって、ラブホテル街を彷徨う稀薄化した若者たちにさえ、年齢という戻れぬ壁が、そこには存在しているということに……。

　ラブホテル街、その薄暗闇の路上を人々は行き交う。訳有りなのか訳無しなのか、老若男女のカップルが、無表情を装いながら通り過ぎる。あるいは、ネットリとした欲望を引き擦りながら物憂い顔で、男たちはホテルへと消えてゆく。そして、男の待つホテルへ、ひとりまたひとりと影の薄い女たちが、後ろ姿にわずかな不安を背おって、その門をくぐり抜ける。

　ふと、その中に、大きなバッグを抱《かか》えた女たちがいることに、私は気が付いた。女たちは、大きなショルダーを抱えたり、時にはキャスター付きの小さめの旅行カバンを引いたりして、ホテルへと消えてゆく。大きなバッグを抱えた女たちの表情は、それまでの女たちとは、あきらかに違和感があった。なぜか……、それは、仕事をしている女たちというイメージが、彼女たちの姿に投影しているように、私には感じたのだった。

　私が、そんな手前勝手な思いに囚われていた時、不意に私に近付いてくる女の影があった。その影は、街灯に照らし出された瞬間、大げさに媚びるように笑顔をつくると、私に向かって明確な、そして使い古された言葉を吐いてくれた。

「お兄さん、遊びに行かない⁉」

黒々とした髪の毛を引っ詰めた女が、私の前に威圧するかのように立ちはだかった。私は、予期していなかった突然の女の言葉に、たじろぎ言葉を失う。

女は、私を籠落《ろうらく》させせることに自信を持っているようだった。だから矢継ぎ早に言葉を発した。

「お兄さん、さっきから女の子ばかり見てたじゃない、私があそこにいるのも気が付かないで。見てるばかりじゃつまんないよ。お兄さんも行こーよ、遊ぼ、遊ぼーよ……、好きなんでしょ」

厚く塗り込められたファウンデーションの下から、女の少なからずの歴史を刻み込んだ皺が、営業用の表情をつくるたびに浮き出ていた。パクパクとよく動く赤い唇の間から見える、煙草のヤニで所どころが茶に染められた歯と、色の黒い歯茎には、微粒な唾液が付着し、時折飛び散った。

私は、女の一方的な言葉の決めつけに戸惑いながらも、わずかに笑みをつくって呟いた。

「あっ……、ここで人を待っているんです。Mさんていう人なんですけど……、知ってます……？」

一瞬、女の表情が強張り、身を引いたのがわかった。

「あっ、お兄さん、そういう人だったの………？」

女は、薄い藤色のワンピースの下の、くびれのない肉体に、ちょっと息を吹き込むと囁いた。

〝そういう人〟……？

私には咄嗟に判断ができなかった。だから曖昧な表情をしていたのだと思う。しかし女は、突然親し気に笑みをつくると、まるで以前からの知り合いのように、なぜか世間話を始めるのだ。だから私は、本当のことを言えないまま、女の世間話が通り過ぎてゆくのを待つしかなかった。

女の世間話……。それらは、テレビの話題に終始した。たぶん彼女は、テレビのワイドショーの情報と、バラエティ番組の話題を、たっぷりと身体に染み込ませてから、この街に立つのだろう。それはまるで、薄っぺらな情報や話題で、デップリと怠惰に太った、短絡的で熱病に浮かされやすい、ありきたりの「オバさん」という名の生き物を見るようでもあった。

突然、私の心を焦れったい気持ちが支配した。私は、女の言葉を遮るようにして言った。

「時々、大きなバッグを持った女の人たちいますよね。あの人たちは、なんなんですか……？」

女は、自分の言葉を遮られたことも、また、私の心を支配している焦れる気持ちを察することもなく、アッケラカンとして言った。

「あー、あの女《コ》たち？　あの女たちはＳＭの女の子たちよォー。あっ、お兄さん、そっちの気あるの……？　そーゥ、だったらねェ……、教えてあげる……」

女はハンドバッグをあけると、無造作に幾枚かの名刺を摘《つま》み上げた。そしてその中から一枚を、ちょっと考えるようにして私に手渡した。

「これ……、この前、お客さんに貰ったの……。貰ったっていうか……、そのお客さん、初めてＳＭ行ったんだって。で、やっぱり本番もないし、俺にはＳＭ向かないよとか言ってね、それで置いていったの。私ィ、私はその気は……？　ちょっと見てみたい気はあるけどね、この歳じゃねェ、どこも雇ってくれないわよ。ただ、なんとなくね、なんとなく……」

私の手の平に載せられた、何の変哲もないブルーのアート紙でつくられた名刺。不意に、私の心にさざ波が起き、大きなバッグを抱えた女たちの姿がフラッシュバックした。

そんな私を、女は曖昧な笑みを浮かべながら眺めていたが、突然何かを思い出したように言った。

「お兄さん、ＳＭかァ……、じゃ、仕様がないわねェ……、さて、私も仕事しなくちゃ。こんなことしてたら怒られちゃう。あっ、それと、Ｍさんに私のこと言わないでよ。お願いね……」

女はそう言うと、ホテル街の迷路のような路地を抜け見えなくなった。

結局その晩、私はＭさんに会うことができなかった。ただ、手許に残されたブルーの名刺が、私の心に煽情的な妄想を送りつづけるだけだった。


秋、雨が降っていた。冷たい雨だった。

人々はうんざりとした表情で、御徒町駅への雑踏を歩いていた。私は、公衆電話ボックスの中から、その風景に眼を向けながら、受話器の先から鳴る呼び出し音に神経を集中させていた。ＳＭという妄想に支配された私は、雨の降る昼下がり、その妄想の中に押し入ってゆく、そう決心をしていた。しかし、今眼の前に広がる圧倒的な日常と私の妄想のギャップに、自己嫌悪と煽情とが錯綜するように私を襲った。

呼び出し音がプツリと消え、若い男の快活な声が響いた。男は、客を逃さぬように配慮しつつ、なおかつ事務的にことを運んだ。その言葉は、受話器の先にあるであろう世界を、私に想像させる時間を与えることはなかった。

男は、私の脳裏に、ＳＭクラブの入居するＨマンションまでの地図をきっちりとインプットさせると、「お待ちしています」という言葉で締め括った。

私は、男の引いた地図に導かれて、水溜りを避けながら、御徒町駅から上野駅まで歩いた。わずか十分程の間に、私のジーンズの裾は冷たく濡れ、その感触が私の心を寒々としたものにさせた。

〝オマエは一体、何をやっているんだ〟

再び自己嫌悪と煽情の狭間で私は葛藤する。

――バカ気た葛藤だ！――

どこかで誰かの声がした。

しかし、男の明確な地図は、私を後押しするようにHマンションに導いた。私は一時《いっとき》、何もかもを、冷たくじっとりと濡らす雨から、解放されるらしかった……。

Hマンション、おそらく、一九七〇年代の建造物ではないのだろうか。高層ではあるがすべてが老朽化し、到る所に補修のあとがあり、補修、補修でここまでやっと持ち堪《こた》え、建っているような代物である。私の傘から、一階のエレベーターフロアに雨雫が滴り落ちる。もう何度も磨き込まれたPタイル張りの凸凹になった床からは、古いワックスの湿った臭いが漂ってくる。右手には誰もいない長いカウンターの受付があり、ぼんやりとした蛍光燈がついている。ただやたらに広い空間に、私がひとりいた。

私はひとつ身震いすると、エレベーターボタンを押した。エレベーターは、ふっと気付いたようにゆっくりと静かに下降した。音もなくドアが開き、私はその狭い空間に足を踏み入れる。SMクラブの男に指示されたフロアナンバーを押すと、エレベーターはわずかな圧力を私に与えながら上昇する。床には所どころに雨雫が溜って、このマンションに住人が居住していることを確認する。しかし、五階に降りても人の気配がない。コの字型の建物の中央に位置するエレベーターフロア前は静寂が支配し、私の雨に濡れた靴底だけが、Ｐタイルの床と摩擦して、辺りに奇妙な音を反響させた。なぜか私は、ＳＭクラブのドアの前まで、できるだけ音をさせないようにと、用心深く歩くことを自身に強いていた。

無味乾燥とした灰色の鉄製のドア、手書きのルームナンバー、そして古ぼけて光沢のないインターホーンが私を待っていた。手応えのないボタンを押してみると、少しの間があった。おそらく、ドアの覗き穴から客を確認しているのだろう。カチリと音がしてドアが開き、隙間から短く刈り上げた髪を茶に染めた、若い男の浅黒い顔が見えた。

男は、私を見るとニッと笑い、「お入り下さい、タカベさんですね」と、私の名を告げる。

狭い玄関の横に灰色のビジネス机があり、私は即座に、ギーギーと背もたれの鳴く椅子に座らされる。

男は机の向こう側に座ると、無表情を装いながら仕事を始めた。

「お客様は初めてですので、システムの方を説明いたします」

男の説明が続く間、私はぼんやりとした感覚で男の背後を眺めていた。雑然と物が床に置かれ、その物たちは、今まで私の中にあった妄想の「ＳＭクラブ」という存在とは、あきらかに違和感のある日常的な代物だった。一体、これらの生活臭を発散させる物たちは、何のためにここにあるのだろうか……。

ふと、その空間の先に人の気配を感じた。そのくぐもったような気配は、時折、押し殺すような囁きを漏らすのだった。

男は、私のそんな思いをよそに、ひと通りの説明を終えると最後に言った。

「で、お客様は、SかM、どちらを……」

「あっ…、M、Mでイイです」

私の中に明確なM、マゾヒストとしての自覚があったわけではない。薄ぼんやりとした思いがあっただけだ。悲しいかな、実際、私のフトコロ具合がそう言わせたというのが正直なのだろう。

――SMクラブにおける金銭的対価システム、M、マゾヒストとは言わない＝は二万円、S、サディストとも言わない＝は三万円である。様々なオプションがある。上限がどこまであるのかは知らない。それがSM（必ず縦列あるいは並列して呼称する）というお遊びの一般的なお値段なのである――。

ふっと、男の表情がわずかに強圧的になったように感じたのは、私の考え過ぎなのだろう。ただ与えられた仕事を、淡々と進めているだけのはずだ。机の上にあるアルバムを手に取ると、一枚一枚めくりながら、そこに写る女王様たちを解説してくれた。

「そうですねェ、この女《コ》は二十歳で身長一八〇センチ、最近入ったばかりの女です」

「この女はMもやりますし……」

「この女王様は人気がありまして、本日はもう予約でいっぱいなんですが……」

エトセトラ、エトセトラ……。

男は、まるで飼っている猫でも紹介するように、ペラペラとおしゃべりした。

アルバムの中の彼女たちは、精一杯女王様を演じてはいたのだが、なぜか私の感情はクロスしなかった。ボンデージとムチとハイヒール、そのマニュアル化された女王様像が、そこに写し出されていたのだ。

と、その時、私の心がコトリと動いた。

「あっ……、すいません、ちょっと……、あ……、この人……、この人お願いします……」

そこには、赤いルージュに鋭いアイシャドー、しかしその下に、素の顔が見える何気ない彼女がいた。

私の反応に、一瞬、男は「へェ？」という奇妙な声を漏らしたが、すぐに平静を装うように言った。

「あっ、あやかさん……？　あやかさんなら、すぐに御紹介できます」

男は机の引き出しから、プレイルームの鍵をつまみ上げると、Mの金銭的対価としての二万円プラスプレイルーム代三千円と、交換するように私に手渡した。

「上の階ですので、そこでお待ち下さい。すぐに参ります」

男は、私の背中に最後の言葉を投げかけた。

私は、男のくれた鍵を握りしめSMクラブを出ると、吹き抜けにある鉄製の非常階段を上って階上へ出た。長い剝き出しのコンクリートの通路には、同じ形式の灰色のドアがズラリと並んでいる。鍵ナンバーと照合しながら人気のない通路を歩くと、非常階段を吹き抜けてくるのか、冷たい風が身体を包んだ。そして、マンション内の静寂とは反対に、このマンションを取り囲む上野界隈の喧噪が、わけのわからないエネルギーとなって、うねりながら私の耳に届いた。

プレイルームは、長い通路の突き当たりにあった。辺りを窺いながら鍵を回すと、軽い金属音が鳴った。ふと、どこかで人の気配を感じて、私は慌ててドアを開けると中へ飛び込んだ。

プレイルームの中は暗闇だ。私は手探りで明かりのスウイッチを探す。私の手は、湿った感触が伝わる壁を這いながら、どうにかスウィッチを見付けた。

部屋の明かりがついたと同時に、カビの臭いが私の鼻腔を刺激し、ワンルームの寸詰りのプレイルームが眼の前に露出した。摩り切れた灰色のカーペットの上に、不燃ゴミ置き場から拾ってきたかのような、黒い薄汚れた一人用のソファが寂し気に置かれ、なんの飾り気もない等身大の鏡が、黄ばんだ壁に立て掛けられている。つい最近取り付けられたらしい、新しい白木の木材が、長方形を形作るように壁に組み込まれ、その上下四方の角には、丸い金属の輪が意味ありげに打ちつけられている。部屋の隅には、簡便なビニール張りの丸椅子があり、その上に無造作にティッシュペーパーの箱があった。これが必要最低限の、ＳＭというお遊びの装置なのだろうか……。

この寒々とした部屋の中で私はひとり、ただアルバムで指名した、何気ない彼女を待っていた。わずかな時間《とき》を経て、インターホンのチャイムが鳴った。私は口の中でもどかし気に「ハイ」と呟く。その言葉がドアの先に届くはずもない。しかし、ドアは確かに開き、今アルバムの中の彼女は、やはり何気ない表情を見せて玄関に立っていた。

彼女、あやかさんは、黒い大きなバッグを廊下の上がり口に置くと、自らのミュールサンダルと私の靴を外向きに揃え直した。東南アジアの民族衣装なのだろうか、織り込んだ腰巻きスカートの色彩が、渋くまた鮮やかだった。そして、あやかさんは重量感のある黒いバッグを両手で持ちながら私の方へ歩み寄ると、無表情な顔で言った。

「シャワー、浴びて下さい……」

瞬間、あやかさんの口の中が、小さく光ったように感じた。

私は、コソコソとオドオドと部屋の隅で服を脱ぎ始める。あやかさんもまた、アルバムの中の彼女に変身するべく、黒いバッグからSMにとってお決りの、マニュアル化したボンデージを取り出し着替え始めた。

寒々とした部屋で見知らぬ男女が、それぞれの行為を物憂気にすすめてゆく。

ふと、あやかさんが言葉をくれた。

「タオル、そこにありますから……」

その時再び、あやかさんの口腔が白く小さく光った。私は、あやかさんの赤いルージュに塗られた口許を見詰めた。あやかさんもまた、怪訝そうな顔で私を見た。

私は取り繕うように曖昧な笑みを浮かべると、バスタオルを手に取ってバスルームのドアを開けた。驚くほどに小さなバスルームは、トイレと併用だった。隅々に黒いカビが付着し、水道の蛇口には赤錆が浮いている。人間ひとりが、やっとしゃがむことができるバスタブは、光沢を失い、ここへやって来た人間の匂いが、灰色のシミとなってこびりついていた。湯栓をひねっても、いつまでも湯が出てこない。冷たい水を避けながら、バスタブの中で足を上下させている私は、なんと滑稽な姿なのだろうか。そして突然の熱湯に、慌てて水栓を開ける。バスタブの底の排水溝に、ジュルジュルと洟《はなみず》を啜るように流れてゆく湯の音が、今、私の存在そのものを貶《おとし》めるように反響する。なぜか、悲しさが胸に這い上がった。しかし、私のどこかで小さな意識が働き、私はシャワーを止めると、何かにそそのかされるようにして身体をふき、バスルームを出るのだった。

プレイルームには、黒で統一したボンデージ、ストッキング、ハイヒールという、まさにマニュアル化した完全武装のあやかさんが待っていてくれる。

その時だった……、なぜか……？　全裸の私とボンデージで武装したあやかさんという対比に、ナチスのアウシュヴィッツ収容所のユダヤ人の光景が脳裏を過《よぎ》った。そしてそこには、最早、妄想と煽情は消滅し、落下し萎えてゆくだけの私がいるだけだった。

私の心模様など知るはずもないあやかさんは、私に一人用ソファに座ることを命じると、革手錠で手首と足首をそれぞれ拘束した。それから、私の顔を覗き込むようにして囁いた。

「我慢しなくちゃダメよ……」

瞬間、あやかさんの口が半開きになり、濡れた舌に小さな真珠のピアスがあるのが見えた。

不意に、私の心に痛みの感情が走ったが、それも長くは続かなかった。今、私の眼にはアイマスクがつけられ、闇の世界が待っていたのだ。だから後は、あやかさんの独壇場だ。手を替え品を替え、様々なテクニックを使って、私のM性？　に切り込んで来てくれるのだが……。

私はただ、闇の世界、いや、モノクロームの世界、幼い時に見たナチスとユダヤ人の記録映画の世界が、カタカタと揺れながら、アイマスクの小さなスクリーンを流れてゆくだけだった。

そして、私はその中で……、呪文のように呟いている自らを知った。

痛いものは痛い、熱いものは熱い、苦しいものは苦しいと……。

私は、サディズムとマゾヒズムの間に何を感じていたのだろうか。この並列されるSMという名のお遊びの世界ではない、言ってみれば精神性とか情とかというモノ？　が、サディズムとマゾヒズムの間に流れていると……？

痛いものは痛い、熱いものは熱い、苦しいものは苦しい……。私の呪文は続いていた……。どの位の時間がたったのだろうか……？　どこかで電話の呼び鈴が鳴った。あやかさんの声が聞こえる。

「ハイ、わかりました」

その瞬間、私は憑き物《つきもの》が落ちたように、硬直した肉体と精神、そして呪文から解放される。

アイマスクがはずされると、白い光が私の眼に広がり、わずかに眩暈《めまい》がした。

あやかさんは革手錠をはずしながら、ふと呟いた。

「お客さんは、Mじゃないですね……」

ぎこちない笑みをつくり、自己嫌悪の影が心に忍び寄るのを感じた。

しかし、ひとつの仕事？　を終えた、あるいは時間を共有した親しさなのだろうか、あやかさんの表情が変化し饒舌《じょうぜつ》になっていた。

「お客さんて、ちょっと変ですよね。サラリーマンじゃないし、遊び人でもないし、何やってんだか、わかんないですよね」

あやかさんは戯《おど》けた表情でそう言ってから、ペロリと舌を出した。小さな真珠のピアスが、舌の上にのって濡れていた。

「あ……、そう……、なんか、ものかき……です」

そこになぜか、恥じらう私がいる。

「あ、ホントですかァ、私も絵描いたりしてるんですよ。特にマンガ描くのが好きでェ……、実はァ、描いてるんですけどォ……」

鋭いアイシャドー、赤いルージュの下の、若い素顔がはじけていた。

「あァ、絵じゃなくって、取材して本を書くんです……」

ふと、私の心に疲労感が広がった。それは、その場を取り繕うことのできない、自分に対する疲労感だった。己の生業《なりわい》など、どうでもイイことなのだ。

しかし、あやかさんは、私の心模様など頓着することもなくしゃべり続けた。

「それ、私、読みますよォ、本も好きだからァ……」

私は、わずかな徒労感を伴って呟いた。

「あァ、小人、それ小人プロレスの本……です……」

瞬間、あやかさんの眼が私の眼を覗き込み、素頓狂な声で言った。

「あっ、それ、読みましたよォ、私。それオモシロかったァ!」

身繕いを終え、ドアの前まで歩きかけていた私は、捕処《とらえどころ》のない、ただあやふやな表情をしただけだった。

そんな私の背中に、あやかさんはポツリと言葉を漏らした。

「あの本読んで私……、すぐにね、ここに来るMの小人の人のこと思い出したんですよォ……」

私は不意をつかれたように立ち止まり、あやかさんを振り返った。

「ここに、小人の人来るんですかァ……？」

「ええ……」

時間《とき》は、もうそこまで迫っていた。そして、ＳＭというお遊びの、七十分という時間制限が、私とあやかさんの会話を断ち切った。プレイルームのドアが閉じられる。「ありがとうございましたァ」

あやかさんの何気ない声が、ドアの先から聞こえた。

そして今、私の心に、「小人のマゾヒスト」という言葉が停止した。


あやかさんと出会ってから、どの位の月日がたったのだろうか。あの日以来、私の中に留まった「小人のマゾヒスト」という言葉は、私に勝手な思いを抱え込ませた。このまやかしの社会において、蔑《さげす》まれた小人者が、なおも、マゾヒストという境地に自らを定着させる……。追われ、追い込まれても、なお、身体的精神的虐待と苦痛を受ける側に……。なぜサディストではないのだろうか。あえて言えば、ＳＭというお遊びの時間であっても、虐げ蔑まれる側から虐げ蔑む側に固着してこそ、この社会の不条理から、一時、ほんとうにわずか一時、解き放たれるのではないか……と。

私は、ほとんど無意味で、手前勝手な堂々巡りを繰り返していた。

そして私は、「小人のマゾヒスト」という言葉に誘われるようにして、再びＳＭクラブのドアを開けるのだった。

しかし、その日、私は一抹の不安を伴っていた。なぜなら、ＳＭクラブへ予約を入れた時、例の受付の男が、あやかさんは身体の不調でやめたことを告げたからだ。私は迷った。その迷いが受付の男に伝わったのだろうか、男は、私に新たな誘い水を受話器の向こう側から撒いてくれるのだった。

「新しい女《コ》に出会ってみてはいかがですか？　イイ女《コ》が多数入りましたから……」

私は、男の営業用とわかり切った言葉に、心動かされたのだろうか。いや、今、私の心を支配する、小人のマゾヒストのほんのわずかでもイイ、事実の欠片《かけら》を知りたかったのだ。

私は、ＳＭクラブの相変わらず背もたれがギーギーとなる事務椅子に座って、アルバムをめくっている。アルバムは、何度も行きつ戻りつし、私に小さな溜息をつかせた。アルバムを何度見ても、女王様たちの誰が、小人のマゾヒストとクロスしているのかなどわかるはずもなかった。

受付の男は、少し急がせるように、アレコレと女王様たちの寸評を加えてくれるのだが、そのマニュアル化した薄っぺらな寸評が、アルバムの中の女王様たちを貶《おとし》めていることに気付いていないのだった。

私は、男の言葉に曖昧な表情を浮かべながらなおも、アルバムを見返し続けた……。

その時だった。アルバムの中に、ぼんやりとした彼女がいた。いや、何かを語りかけるような、何かを求めているような遠い眼差しの彼女が写真に写し出されていた。彼女の肉体は、ボンデージの中で柔らかな曲線を描いていた。それはまるで、めんどりの肉のように……。彼女の源氏名は舞……。

私は、再びプレイルームの中にいた。この虚ろで湿った臭いの漂う部屋で、何人の男たちが、取り敢えずのＳになりＭになったのだろうか。湧き上がる情念と創造力ではなしに、大量なるありふれた情報を媒介として、プレイとしてのＳＭに、どれだけ堪能できたというのだろうか……。

私は、部屋の片隅に置かれた簡便なビニール張りの椅子に座り、辺りを見回しながら、そんなことを考えていた。ふと、私の視線が天井で停止した。煙草のヤニと埃で黄ばみ煤けた天井に、手の平の跡がクッキリとふたつ付いている。小ぶりで繊細な形の手の平、女の手だろうか……？　その下で、男と女はどのようなプレイに昂《こう》じたというのだろう。
チャイムが鳴った。私は反射的に「ハイ」と呟く。その届くことのない声に反応したわけではなく、ドアは必然として開けられた。微笑んでいるのか、泣き出しそうなのかわからない表情で、玄関に佇む舞がいる。彼女の姿態は、アルバムの写真より大きく見えた。黒いショルダーバッグを抱え、背筋を伸ばして歩いてくると、黒いミニスカートの下の素肌の長い脚が眼に映った。私が慌て狼狽《うろた》え眼を逸らしたその時、初めて舞と眼があった。悲し気な……？　不思議な笑顔だった。

その日から私は、彼女とSMクラブのプレイルームで、あるいは外の世界で何度か会った。初めて出会った時から、彼女の表情が変化してゆく、その様《さま》を見るのが好きだった。今、私は、サディストとマゾヒストの狭間にいる舞の内面に、分け入りたい衝動を強く感じ始めていた。そしてその時、今まで私の中にあった、「小人のマゾヒスト」という言葉が溶解し、どこかへ沈殿していったのを感じたのだった。

分厚く堅牢な日本地図帳の鹿児島県全図に、N島は容易に見付けることができる。しかし、この微細に描かれた地図をながめていても、私の脳裏には、何かイメージできるものがない。
一九六九年、舞はN島で生まれた。

原風景がある。牧歌的な風が緑を揺らし、砂塵を巻き上げ、水にさざ波をつくる。遠く近くでは放牧された牛たちの鳴き声が聞こえ、丘からは、太陽の光で銀色に染められた凪いだ海を、切り裂くように走る漁船が見える。島には、大小多くの洞窟が点在していた。

静寂だけが支配したSMクラブのプレイルーム。褪せたカーペットに、脚を崩して座った舞は、少し身構えるようにしてポツリポツリと語り始めた。

「Mにひかれていくっていうのは、それはなんか小さい時からの……、いろんなことがあったのが、それが、Mに繋がっているのかなァと思いますね。小さい時に、よくイタズラなんかされていたんです。それは子供や大人から……。幼稚園ぐらいに……、まず、裸にされて、そう、小学生の男の子たちに裸にされて、田舎だから、そういう変な遊びとかもあって、でも、その後は、なんか……、高校生ぐらいの子たちに……。小学校低学年ぐらいの時は、逆に私が、同級生の女の子を裸にして遊んでいたんです。裸にして、触るっていうか舐めるっていうかして遊んでいたんです。それが気持ちイイことなんだろうなァっておもってェ……。SEXっていうのに興味があったんです。

舐めるとか、舐めさせるっていう行為は、自然と、なんかいやらしいものだと思っていたんです。私を裸にした男の子たちも、それに近い行為をしたし、やらせましたから……。田舎はスゴイですよねェー。その時になんか芽ばえたというか、きっと他の同級生の子よりは、そういうことが発達していたというか……」

彼女が、「田舎はスゴイですよねェー」と、わずかな笑みを漏らしながら自嘲気味に言った時、ふと、私の中を土俗的な匂いが通り過ぎたのを感じた。その匂いは、精液の匂いと混じり合いながら、土に暮らす者たちが持つ深い欲望と情念を滲み出す。私の心に、人間の業というものがねっとりと絡みついた。

「私が同級生の女の子にそういう事をした時？　女の子いやがってましたよ。でも私は、それを喜んで見ていましたよ。一対一で洞窟とか隠れる所がいっぱいあるんです。そういった基地で……。そういった所へ連れて行って、誰にも知られないでやるっていうのが秘密の……、してはいけないことなんだと……。誰にも言っちゃダメなんだよって言って、女の子だけ裸にして。その時、興奮しましたねェ。男の子に対してはM的存在で、女の子に対してはS的っていうかァ……」

遠い記憶が甦ったのだろうか、小さな心の揺れが、舞の頬にわずかな赤味をさし、彼女は、それを取り繕うように静かに笑った。

「小学校五年ぐらいから、もう、大人の男性が好きで、同級生って全然興味なくってェ……。最初は高校生の人が好きで、カッコイイとか言って追っかけたりして、男くさいのが好きでしたねェ。あとは二十代の人が好きで、セックスがしたいなんて思って、その時、生理なんかまだなかったんですよ。生理、遅かったんですよ。生理もない中学一年で初体験しちゃったんでェ、二十四歳の人でしたよ。その時は、セックスしたいっていうかァ、なんか不良ぽい遊びがしたかったんです。うーん……、最初の時は犯されたんですよ。でも今思えば、行った自分の方が、もちろん悪いと思うけど……。今なら、そこへ行けばきっとそういうことがあると考えられるけど……。輪姦されて……？　いやァ、泣きましたね、ハハハッ。痛いだけ、痛いだけ、ううん、全然良くなかったんですねェ……。

その後遺症っていうのは、今はないですねェ。男がイヤだとは思わなかったですね。ただその時点で、男の人ってバカなんだなァって思ってました。男って、こうやって誘惑すればついてくるようになるんだって、逆に思いましたね。それで自分から遊びましたね。ただ……、その時やっぱりグレたんです。好きな人とできなかった、両想いっていう憧れってあるじゃないですか。それが終わっちゃったから……。ああ、別に、自分からホイホイ行けば、もうそうやって来るんだと思ってェ。

遊んでる時のセックス？　全然。全然、楽しくなかった、ハハハハッ。気持ちも良くなかったしィ……。いつなんですかねェ、イイなァと思ったのは……。自分が解放されてからですよ。う～ん、そう、SMクラブへ入ってからですよ、極端に言えば。それまではなかったですね。ここに入ってからはァ、自分が小さい頃された、変態じみたことが好きだっていう、そういうことがオープンに言えるじゃないですかァ。それからですねェ、解放されたのは。

その後は、中学二年で不倫してたの半年近く……。自分から求めて、ハハハハハッ……、スゴイ？　スゴイのかなんかわからないけど……、積極的？　ですねェ、ハハハッ。そういうものって、家庭環境って関係あるんじゃないかなァ……って思います」

舞は話しながら良く笑った。しかしその笑いは、つくられた硬質の笑いのように見えた。私は、曖昧な笑みを返す以外になかった。少女の時間《とき》を、なぜ彼女は足早に駆け抜けようとしていたのだろうか…、私には何もわからなかった……。ただ理由のない、痛みの感情だけが、一瞬胸を過った。笑いと笑いの間の錯綜する過去への思い……。ふと、舞の顔から笑みが消えた。

「私、母のおじいちゃんとおばあちゃんに育てられたんですよォ。父の顔も知らないんです。母が、私を身籠《みごも》った時、相手の人（父）はいなくなったんです。だから、相手の人も、私の存在を知らないんだって。それは、おばあちゃんから聞きました。母に聞けば、それはどこその人ってわかるけど、私は聞けない。だから、私が生まれた時、おじいちゃん、おばあちゃんが、私を養女にして育てたんです。それを知ったのは、小学六年ぐらいの時です。それまでは知らなかったんです。私が小学校の時、母は別の人と結婚したんですけど、私は母のことを、それまでずーっとお姉ちゃんだと思っていたんですよ。お母ちゃんだとは知らなかった。お母ちゃん、今…、五十…、いくつかなァ……？

そういった私の家庭環境が影響したのは、結婚の時ですよォ。結婚て、お父さん、お母さん、子供、兄弟？　がいて、それが普通の家庭じゃないですかァ。それを知らないから、私の場合、おじいちゃん、おばあちゃんと私で、誰もいないから……。本当のお母さんも、私を、『いらない』って、ハッキリ言いましたから……。そういうの知らないからァ、普通の家庭はどういうふうなものかっていう……。だから私、よく言ってたんです、元の主人に、『わからない』って。だから子供ができて、生活してゆく自信がないって言って……」

舞は、高校を卒業するとN島を出て、大阪でアパレル関係の会社に就職した。その時、やはりアパレル関係の別の会社に勤めていた男性と巡り会う。四年間の長い同棲生活が始まる。そして結婚、舞は二十一歳になっていた。

「結婚するという時から、もう別れたいなァていう気持ちになって…、長く付き合っていたから、向こうの両親から、そろそろ結婚したらイイよみたいに言われて……。うーん、向こうは、私より三歳上の二十四歳。本当に普通の真面目な人でしたよ。決定的なきっかけは…、うーん、燃えるものがなくなっていたし、ちょっと好きな人が他にできたからァ…かなァ…？　でも、その、ちょっと好きになった人とも、どうせいずれは飽きるじゃないですかァ。だから、そこまで黙っていればよかったけど、でも、そこで言っておかなくては別れられないと……。だから好きな人ができたと…、言ったんです。

その付き合った人は三つ下でしたね。その人とは結婚というより、お互いが恋に恋していたっていう、そんな感じでしたよ。お互い燃えるものが欲しいっていうか。相手も、私が結婚しているってわかった時に、逆に燃えるじゃないですか。やっぱり人のモノだから……。それがなくなると、なんか自然消滅してしまったっていう……。その年下の人と別れてから、前の三つ上の人が、やっぱり大人だったんだなっていうことがわかりましたね。それで、悪いことをしたなって思いましたね……。結婚生活？　一年でした……」

私は黙っていた。舞は、常に人を求め、人を愛することを欲しているようだった。しかし、愛が成就したその瞬間、当たり前の普通の生活が始まる。普通という曖昧なものに支えられた生活が繰り返される。彼女には、その生活をイメージし把握するすべがなかった。ただ、かつて愛した人を、傷つけてしまったのではないのかという思いだけが残った。その後、大阪から広島へ、舞の一人暮しが始まる。人を求め、愛を求め街を彷徨い歩いたのだろうか……。そして広島の街で、彼女の潜在にあった感情を甦らせる、ひとつの出来事が待っていた。

「別れて広島で五年ぐらい働いている時に、ちょっと遊んだ子がMだったんですね。その人は、いわゆる私がナンパしたんです。うん、若くて可愛かったから…、可愛いなァと思って。そう、そう、

SEXするつもりでナンパしたの、二十七か八ぐらいの頃かな、たぶん……。

それはなんて言うんですかね。その人が、こう…、足でペニスを踏んでって言ったんです。その時初めて、ああ、そういう行為は事実、本当にあるんだなって思って……。そう、そしてペニス踏んだ時、その人射精したんです。その時、私、むかついたんです。それだけでその人、射精したんですよォ。私は、何もイイことをしてもらっていないと思って…、むかついたんです。そこでオシッコをバアーッとかけたら、その人、また射精したんです。『変態野郎！』て言って帰って来たんですけど…、なんかそれは…、こう…、なんかァ、ああ、オモシロイなァ…って、実は……。その時にね、そういう人もいるんだなァ…と思った。

なぜオシッコをひっかけたのかは…、それはわからない。なんか気分的に怒りがきて…、出ちゃいました。ええ、出ましたね。ハハハッ、本当に腹が立って……。そう、もう恍惚とするんでェ…、へェーとか思って…、キャキャキャキャハハハハッ…。もう、カッカカッカ腹が立って興奮状態で…、そう、彼は全裸で、私は下着姿で…、そう…、ハハハハッハ……」

舞は、いたずらっぽい眼をして、楽しそうに笑った。彼女が語る、そのシチュエーションは、私の中に欲情する「何か」を喚起することはなかった。それは、SMというお遊びの中での、聖水という名のオプションが、私の中でクロスしたからなのかもしれない。それは私にとって、意外でもなんでもなかったのだ。ただ、「そういう人もいるんだなァ」と吐露する舞の表情が、深い感慨を伴って彼女の心の中に固着したのを、私は感じるのだった。

「東京へ出て来たのは、三十一歳でした。東京へ来た時は、SMクラブへ入ろうと思ったんです。

私、ＳＭクラブ？　知ってましたけど、内容的にはそんな詳しくは知りませんでした。でも、なんとなく…っていうかァ、興味がありましたね。ただ、高校生の時も、同棲や結婚の時も、そういうことはなかったんです。そう、広島でその子に会うまでは……。この店で、もう少しで三年です。最初は女王様の方がイイのかなと思って……。でも、こういう店は、Ｓの人もＭの人もお客さんできますよね。その内、Ｍがイイなァと思って。女王様は女王様でイイですよォ、でもそれはプレイなんです。逆だと、それは自分じゃないですか、プレイじゃなくて…。それは、選ばなくてイイじゃないですか。

初めてここへ入って、最初のお客さんに付いて、なんの怖さもなかったです。ただ、やっぱり言葉で責めるっていうのは難しいから、最初は私も言えなかったけど…。他の女の子たちがなかなかできないって言ってた、聖水とかはすぐにできました。ハハハッ、私はすぐにできちゃいましたね、出ちゃいましたよね。うーん、普通に。ハハハハハッ…。若い頃の経験っていうより割り切って入ってますからねェ、なんか出ちゃったんでしょうねェ。でも、言葉で責めるっていうのは、本当に難しいですよね。だからたとえば、一時間のプレイの中で、私が言葉責めしたって、向こうは実は、本当は心の中で、私の言う言葉ではなく、もっと、こういう事を言って欲しいのとか、絶対にあるじゃないですか。それを一時間でやろうとしてもォ……、本当は、カウンセリングができてないと無理ですよね。でも、仕様がないですけどね。うーん、難しいですからね。プレイですから、そこまで精神的繋がりはないですからね」

言葉はマニュアル化できない…？　舞は、自らが発する言葉に懐疑的になり、薄っぺらな感情が、そこにあからさまになったことに気付いたのだろうか。道具仕立て、あるいはオプションできる行為ではなく、自らの限りない言葉の創造によって、人間とのかかわりをもち、欲望の果てまでを見据えた言葉。言葉の前で彼女は立ち止まり躊躇《ためら》う。しかし……、

「ええ、Mの方が圧倒的に多いですね。内容的にィ、聖水とかは一般的ですが……。うーん、なかには、ビンタ。ビンタだけを、一時間のプレイ中、ずっと殴って欲しいとか。そういうフェチの人が、なんかオモシロイなァって…思う。もちろん、もちろん大変ですよ。バシバシ、バシバシ本気ですから、本気でやらないとダメですから……。うーん、疲れますよねェ。でも、それがイイんです。それで最後に射精する…、うん、うん。それまで射精するのを留めておくことによって、興奮度が高まるみたいですよ。ただ無言で殴って欲しい人もいるし、うん、怒鳴り声というか、怖い言葉を浴びせながら、強い女性を感じながら殴って欲しい人もいるんです。

ペニスバンドも使いますよォ。その時は浣腸する人もいますけど…、女王様は、それは慣れてないとうまく入らないですよ。される側の人は、たっぷりローションつけますから、それは全然大丈夫なんですけど。ただ、角度がそれぞれ違いますからァ、大変ですけどォ…、アッハハハッハーッ……。

聖水をかけて、とかっていう人は多いですけど、そういう人は、女性から出るモノ、それは、うーん、謎めいたモノだから。飲む人もいますよ。そうです、直接。飲み切れない人もいるしィ、飲み切る人もいるけど……。でも、本当に聖水が好きな人は、量とかにこだわる人がいます。いっぱい欲しいとかねェ…、その欲求に応えるのはねェ、難しいですよね、ハハハハッ。

あのー、うーん、いろいろ…でェ、スニーカーが好きだっていう人でェ。うーん、スニーカーフェチではなくってェ、それで潰すフェチ。〝クラッシュフェチ〟だから、モノを靴で踏み潰してこわす

じゃないですかァ、それ見てオナニーする人いますよ。ええ、たとえばねェ、オモチャとかでもイイらしいんですけど、本人が持ってきたのはパンだったんですよ。パンとか食べ物いっぱい持ってきて、それを全部上からバーッと踏み潰していって、踵でグーッと押さえていってェ…、あれとかがイイらしいですよォ。踏んでる私は、何がイイのかはわからないですけど、キャハハハハッ。そう、射精するんですよォ。その人は、足しか興味ないからァ、確か…、その人は裸ですけど、私は服を着たまま……。

危険なことっていうとォ、手で首を締めて、ギリギリまで締めてェ、それで落ちるっていうんですかァ。そこで叩かないとヤバイから……。私の場合は落ちたことはないですよ。ギリギリまではありますけど。首を締めるとか靴で潰すとかの、どちらかっていうとフェチっぽいのは、若い人が多いですよ。ビンタしてくれっていう子も若い子でしたよ。両頬、パンパンに腫れて、それで帰って行きます。顔、真っ赤にしてェ、アッハハハハッ。外に出ればァ、わかりますよねェ。でも、それで本人がイイんであれば……。

針とか刺してくれっていう人もいますよ。やりますけど…、個人的には好きじゃないですね。血が自分に付いてェ、そういうのはヤダなァって。あとは浣腸とかするじゃないですかァ、その代わりに、マヨネーズとかいろんなモノを入れてくれとかァ……。大変です？　ねェ、大変ですよねェ、アッハハハハッ。そういうのって、部屋も散らかるしねェ、アハハハ、大変なんですから…。でもねェ、そういう欲求を満たしてあげなきゃいけないし、うーん、思いますよ、満たしてあげなきゃいけないって……。そうしないといけないとォ……」

私の頭はグラグラと巡り、私の胃はモヤモヤと彷徨い、私の表情は硬直したままだったのだろうか。変態、倒錯、危険遊戯と、罵詈雑言《ばりぞうごん》は、いくらも投げつけられるだろう。私は、この果てのない欲望に半ば呆れつつも、その行為に引き付けられる人間たちの、心の底の不可思議さに、ふと、小さく揺すられるのだった。

「Mとしての自分？　店でのMとしての私は、プレイとしては、できる限りお客様の欲求に応えようと思いますが、ケースバイケースで、できないことはできないと言います。ただ、店以外のことを考えれば、私が本当に好きになった人が、たまたまサディストの人だったと……。それは受け入れられるでしょうと…、すべての行為を。今まで、一番Mとしてハードだったのは…？　それはありますよ。でもそれは、SMクラブではなくてェ、SMクラブは決りがあるじゃないですか。危険なことはしないですけどォ。日常ではありますよォ、アハハハハッ。そうですねェ…、エヘヘヘヘッ、アハハッハハ…、車がどんどん走っている所でェ、桜の木があって、そこに裸で縛られて吊されたことありますよ、アハハハハッ。どこでェ？　エヘヘッ、まァ、近所でェ。昼間ですねェ、うーん、アハハハハッ。あと露出とかでは、よく首輪つけられてェ、公園とかァ連れられてェ。人は見てそうで見てない。その人とは、プレイ関係というより御主人様として仕えようと思ったんです。その人とは、ココで知り合ったんですけど、縄師として専門の人なんですけどォ、だけど、そういう個人的に付き合いましょうって言って、ちょっとお付き合いしたんです、うん。今は付き合ってないんです。うん、私の方が飽きちゃったんですよねェ、きっと。一通りしたら満足しましたねェ、うーん。

桜の木に縛られてェ、そうですねェ、うーん、どう感じたか……。そう…、うーん、縛られている時は、取り敢えず怖い？　それしかなかったですねェ……。その後でェ？　ＳＥＸ？　はない、しないんです。その御褒美としては、そのー、御主人様のオシッコですね、貰えるのは…、うーん、直接……。それはありますねェ、ウフフフッ……。Ｍとしては、相手を信用、信頼しないとできないですからね」

桜の木に吊された舞の裸姿を、私はすぐに思い浮かべることができた。桜吹雪でも舞っていれば、それこそ美しい被写体だ、などとも考えることもできた。しかしそれは、私と彼女の、事実との距離がそう思わせているに過ぎない。彼女の言う〝怖い〟その怖さの深層（怖い―快楽へつながるのだろうか？）にまで、私は降りてゆくことができなかった。また、御褒美がオシッコであることの現実性にはたじろがないまでも、その言ってみれば通俗性につまらなさを感じたのも確かだった。

ふと私は、新宿の路地裏にあるバーのママの話を思い浮かべていた。

「ある男性の方に、私の足許の床になりたいって言われたんですけど…、でもねェ…、床になられても、歩きにくいし、仕事はやりにくいでしょうからねェ……」

彼女は、困惑しつつも優しい表情で呟いた。彼女の言葉、それはまた、私と舞との間の落差でもあった。

「今は、ここが主体ですね。ここの生活、いつまでもとは思ってませんけど……。次のステップ？　エヘヘヘッ…何も考えてないです。アハハ、何もしたくないです。いえいえ、しなくちゃいけないんですけど……。私、よく考えると飽き症なんです。でも、ＳＭは楽しいですよ、飽きない。飽きないっていうのが一番イイですね。私、なんでもトライするけど、満足するとそれで終わっちゃうんです。

まだ、ねェ、うーん、珍しく飽きてないですねェ、アハハハハッ。でもねェ、入った年齢が遅かったし、長くはできないですからね。私より上の人も何人かいるけど…、そうは言っても長くはできないしねェ……。他は若い人が多いから…、他の女の子？　うーん、他の女の子たちとはSMの話はしないですよォ。どんな話って…？　いやァ、テレビの話なんか……。そうそう、イラク戦争の話とかァ…ねェ…、みんな？　そう…、いつ終わるんですかねェとかァ…、アハハハハッ、そんな話です。ミサイルは、いつまで飛ぶんですかねェ…とか。ええ、みんな結構、おっとりとした感じで話すんです。タメ口《ぐち》は聞かないですねェ」

あの初めてSMクラブのドアを開けた日、私の中の「妄想のSMクラブ」という存在は、無造作に置かれた生活臭を発散させる物たちによって稀薄化させられた。そして今、その先のくぐもったような気配と、押し殺すような囁きの中に、彼女たちの日常があった。テレビの中の現実と、彼女たちの現実は、遠く離れているのだろうか……。ふと、そんな感慨に囚われていた。

「私…、うーん、えーっ…、そう、やっぱり、こう相手を思いやることが…、大事じゃないですか。相手を思いやらなければできない。プライベートでも仕事でも、そういうふうにしてますけどォ、女王様の時はついついねェ、できないことがあります。こう、ホントにブチッと切れることがあったりします。プライベートな気分を仕事に持ち込んだ時も切れることもあるし、そのお客さんに切れることもあります。お客さんの時は、どんなに女王様がいくら主導権握ったって、要望してくるのはMの人ですよね。こうしてこうしてこういうふうにって。スゴイエゴの強い人もいっぱいいるんですよ。まァ、実際に女王様の方が、こういう所では奉仕してるんですけどねェ。だから本当は、SMに興味なくって入った方が、仕事としては割り切ってできたんじゃないかなって。でも私は、ＳＭが好きだから、そこがきっとダメなんだなって、そこに感情が入ってしまって……。でも、もう入ってしまったらコマしますよ。ええ、コマします、最後まで…、アハハハハッ。お客さんとの関係は…？　相手によりますけど…、でも、お客さんとして見ないと仕様がないですよねェ。ただ、お客さんの中には、感情移入してしまう人もいますよォ。うーん、それは話が合うとか、価値観が似てるとか、何か趣味がすごく合うとか。でも…、それはそうですよね、出会いがどうであれ……」

出会い……？　それは不意だった。私の脳裏に、溶解しどこかに沈殿していたはずの、「小人のマゾヒスト」という言葉が甦った。私はなぜか…、躊躇いを感じながら、オズオズと語りかけていた。

「以前、確か…、他の女の子が、この店に小人のマゾの人が来るって言ってたんですが……」

瞬間、舞の表情がわずかに揺れたように見えた。それから、ふと曖昧な笑みを浮かべると、思慮しつつ話し始めた。

「ええ、来ます……。そう…、それは……」

舞は、少し口籠り、何かを考えているようだった。それから再び口を開くと、呟くように言った。

「ええ、本当にちっちゃい人です……。本当にコレぐらいかな……？　ええ、ハードＭ…です。ホントに…、潰しちゃう…かなっていうほど、ちっちゃい人…です」

舞の白い手が、「彼」の背丈を推し測るように、私の眼の前に翳《かざ》されていた。

今、「彼」の存在のわずかな断片が垣間見えようとしていた。その時だった。突然、私の心に自己嫌悪を伴った苛立たしい気持ちが広がった。

――オマエは、小人のマゾヒストという事実を知って、どうしようというのか。何をわかったつもりになろうというのだ。いつも安全な場所から、善人づらした上面《うわつら》で、「彼」の何を覗こうとするのだ――

苛立たしい気持ちは、暗澹とした感情と錯綜しながら、私の胃に新な潰瘍をつくろうとしていた。私は言葉を失った。

ぎこちない、わずかな沈黙が私と舞の間に漂った。その沈黙を嫌うかのように舞が話し始めた。

「私の家庭環境が、直接繋《つな》がらないかも知れないけど、引っかかるものっていうか、自分の捌《は》け口みたいなもの、モヤモヤしたものがあるじゃないですかァ。それはァ、こういった変態プレーみたいな所へ入って、ちょっと救われたかなって……。でも、変態って、なんだかわからないですよね。変態って、気持ちの問題……？　相手がいて、変態できるわけで…、変態ということを楽しんでいるから……。でも…、変態ゴッコかなァ……？　ここがイイなァとは思わないけど……。ただ、ずーっとやってると、視野が狭くなってしまうから、ああ、バカな人間になっちゃうかなって思う。そんな気がしますよ……」

ボンデージとムチとロウソクに代表される、お手軽なマニュアルメニューの中のSM事情。そこでは当然、創造性や精神性などは、〃過去の遺物〃として排除されるだろう。サディズム、マゾヒズムもまた、薄っぺらな快楽を消費するしかないのかもしれない。

春一番の風が街に吹いていた。もうすぐ桜の季節がやって来る。N島の緑の丘には牛が放牧され、海はキラキラと輝く。舞は、幾重にも表情を変えながら、「何もない所だから……」と静かに微笑んだ。
「帰っておいで……」と、遠く、老いた祖父母が呟いた。

二章　女ケンタウロス

　クソ暑い夏の昼下がりだった。秋葉原駅のガード下には、落下してくる総武電車の轟音に押し潰されまいと、額に脂汗を滲ませ、酸欠した死に損ないの出目金のように、口をパクパクさせながら信号待ちをする人々が群れていた。私は人々の群れの中で苦痛を感じていた。その苦痛は、信号待ちをするわずかな時間《とき》にも膨脹し、そのままパニックさえ引き起こし兼ねない状態でもあった。

　ふと私の視野に、路上のサンドイッチマンが停止した。褪せた紺色の野球帽を被り、浅黒い顔をした初老の男は、やっとありついた仕事なのだろうか、雑踏の中でプラカードにしがみつくようにして立っていた。プラカードには、ピンクや黄色の蛍光塗料で猥雑な文字が描かれ、私を誘惑した。私はプラカードに誘われるように、昭和通りに面した間口の狭い薄暗いビルに入った。エレベーターが私を階上に引っ張り上げドアが開くと、「いらっしゃいませ」という無機質な女の声がフロアに響いた。フロアには、アダルトビデオのポスターが張り巡らされ、焦点のない微笑みとアッケラカンとした肉体をもった女たちが、やけに明るい白熱灯の下で、男たちを誘っていた。

　透明ガラスの自動ドアが、私を待っていたかのように開いた。しかしそこには、私の思惑とは異なり、ビデオBOXの店内もまた、スーツ姿のサラリーマンたちが、壁面いっぱいのアダルトビデオの間の狭い通路に溢れ、私を苛立たせた。

その時だった。私は店内の片隅に静寂を漂わせた一角があることに気付いた。私は、一刻も早くBOXの中へ隠れたかったのだ。私は足早に近付くと、闇雲に数本のビデオを抜き取り、カウンターで手続きをすませると、そそくさとBOXの中へ籠った。

一畳ほどだろうか、BOXの中には微かな精液の臭いが漂っていた。テレビとビデオデッキ、ティッシュペーパーの箱が棚に鎮座し、床には蓋付きのゴミ箱、そして、その小さな空間を圧倒的に占有するシングル用ソファ。私は、早速ヘッドフォンを付けると、ビデオをカセット挿入口に入れ、リモコンの再生ボタンを押した。

もどかしい時間がゆっくりと流れた。私はそのもどかしさに耐え切れず、リモコンの早送りのボタンを指で探る。誰もがこのもどかしさを共有するのだろう、早送りと小さく記されていたであろうボタンの文字が、摩耗して消えかかっている。と、突然、画面が明るくなりタイトルが矢継ぎ早に流れ、白人の女の姿態が露出した。私は慌てて再生のボタンを押す。

グレーの超ミニのタイトスカートに白いブラウス、ガーターで留められた、ストッキングに包まれた長い脚が印象的だった。女はビジネスデスクの前に立っている。何かを言っているようだが、聞きとれない。しかし、聞きとれたとしても、私には理解できはしないだろう。ドアが開いて、ラテン系の顔の男が現れた。何やら低くくぐもった声で会話があり、ふっと間があいた時、女はスカートを付けたまま淡いブルーのショーツを脱いだ。瞬間、モザイクがかかった。予定通りの展開に、半ば納得せざるを得ない気分のまま、私は画面を見続けた。その時だった。私は、モザイクの先にある女の何かに気付いた。そして、その形づくられたものを凝視しようと試みた。

〝ペニス……？〟

女は、エロチシズムに溢れた姿態を見せながら、濡れた赤い唇をパクパクと動かした。すると、男が女の腰を抱くようにして跪《ひざまず》くと、モザイクの中に顔をうずめた。女の恍惚とした表情が画面いっぱいにクローズアップされ、息づかいと奇妙な喘ぎ声がヘッドフォンから流れた。

〝ペニス……？　いや、ペニス！〟

今、男は、〝女のペニス〟をくわえ、モザイクの中で頭を上下させているのだった。

瞬間、私の脳裏になぜかケンタウロスのイメージが広がった。それも、女ケンタウロスのイメージが広がった。私の心臓が不整脈を打ち、脳は熱気で膨脹し爆発しそうだった。

画面では、あからさまな欲望の限りを、ねっとりと絡みつかせたストーリーが進行してゆく。私は、最初の一撃に動揺したまま画面を見詰め続けた。そして私は、錯綜した脳裏の片隅で、この異形の人に会ってみたいと思い始めていたのだった。

それからどのぐらいの月日がたったのだろうか。年が変わり、再び夏が来て、短い秋が終わる頃、私は、ふと思いたって、かつて上野のゲイバーで働いていた、知人のバニーさんを北青山に訪ねていた。バニーさんは、本来の職業であるメイクアップアーティストとして働きながら、北青山の小さなレストランでも週に二回だけアルバイトをしていた。

私は、バニーさんの仕事の合間を見付けて、単刀直入に聞いてみた。

「バニーさん、バニーさんはハルナさんと一緒に生活してたでしょ。ハルナさんとバニーさんは違うんですよね……」

バニーさんは、私の質問に一瞬戸惑ったような微笑みを返したが、ワインを注ぎながらゆっくりとした口調で言った。

「なーにィ、タカベさん、何が知りたいわけェ……」

私は、あのクソ暑い夏の昼下がり、ビデオBOXでの体験を手短に話した。

「それはねェ、ハルナちゃんは女としてよォ、女としてストレートの男性に愛されたいのよ。肉体を変えてでも、女として生きてゆこうと思っているの。そう、それがいわゆるニューハーフ。で、それもゲイよォ。でも、そういう人たちって少数ね、少ないと思うわァ。ホモセクシュアルとは違うの。私がゲイバーで女装してたのは、単に職業的なものよォ。ハルナちゃんとは違うの」

バニーさんは、私の心を見透かした様に、きっぱりと言った。

ふと、私の中に、自己嫌悪の影が差した。私は、バニーさんに何を期待しているのだろうか。私は心の中で何度も繰り返し問いかけていた。たぶんそれは、安易なお願いなのだ。バニーさんを通じて、ハルナさんを紹介して欲しいという……。しかし、私にはそれが言いだせないでいた。

話は核心部分を避けて、ぐるぐると同じ円を回り続ける会話が、跡切れ跡切れに続いただけだった。そして、バニーさんとハルナさんの一時の生活の中へ、ただ単に私の好奇心というものだけで入り込む、その鈍感さが自己嫌悪となって増幅してゆくのだった。

会話はいつの間にか終息し、私はつかみどころのない気持ちと、明確な畏れを内包したまま、レストランを後にして地下鉄に乗った。

暗い車窓に私の顔が映る。私はふと問いかけていた。

〝おまえは一体、彼女たちの何が知りたいのかと……〟

そして、未だ私の脳裏には、夜空を駆け巡る女ケンタウロスが残存していたのだった。


冬、私は上野にある行きつけの酒場にいた。私の心の中にあった彼女たち、女ケンタウロスへの思いも、時間とともにいつしか稀薄になり萎えかかっていた。今夜私は、私を初めてゲイバーへ連れて行ってくれた、ジュエリー街の王様と会う約束をしていたのだ。王様の風俗への好奇心と発想の豊かさは、バブルが弾け王様の業界も休息に冷え込み、仕事も地の底を這うようだというのに衰えを知らない。私は、時折会っては、王様のナイトライフを聞くのを楽しみにしていた。

王様、その大柄の身体が酒場の戸口を抜け、私の隣にドッカリと座る。私と王様の付き合いは、もう十年越しになるのに、初めは二人ともなぜかいつもシャイである。近況などチラリホラリと会話しながら、二人とも酒場の客をながめつつ世間話を続ける。

焼酎のボトルが半分を越えたあたりだろうか。私たちは、やっと真正面にそれぞれを捉えながら会話するようになる。

王様が、思い出し笑いをしながら話し始めた。

「タカべさーん、この間さァ、キクちゃん知ってる？　ほら、ゲイバーのAにいた。あのコから電話があってさァ、事務所へ行っていいかっていうの……。なんの用？　って聞いたら、チョットって言うわけ。まァ、仕事も忙しいことないし、無下に断るのもなんか悪いからね。そしたら、そう昼過ぎかなァ、来たわけ。それがさァ、すごいんだよ、ハハハッ、二人で来たんだけど。キクちゃんが紹介するには、今度、上野の近くでヘルスの店だすっていうママと一緒に来たんだけど。そのママすごいの、着物ゾロって着てて、いやァ、すぐオカマってわかるぐらい。身体から顔から声から……、で、そのママがニューハーフヘルスをやるっていうんで、キクちゃんもゲイバーやめて、そっちの方へ移ることになったって。で、俺に、ヘルスへ来てくれっていうわけでさァ。でもなァ、ハハハッ、ママ見ると、すごそうだよねェ。なんか、いやァ、こんなこと言っちゃァ……、悪いかなァ……、ハハハッ。でも、なんかさァ、オバケ屋敷？　って、ハハッじゃないかなーァ……て気がするんだけど……、ハハハッ」

そう言うと、王様は焼酎を一気に飲み干した。

私は王様の話に頷きながら、ふと、あのアダルトビデオの中の女ケンタウロスが、私の脳裏にはっきりと甦ったのを感じた。

私はふと、王様に訊ねていた。

「で、行ったの？　行ったんでしょ、王様のことだから、その……、ニューハーフヘルス？」

私の問いかけに顔中いっぱいの笑顔をつくりながら、王様は嬉しそうに、しかし、辺りを窺うようにして言った。

「タカベさーん、残念でしたァ。行ってませーん。でもねェ、俺の後輩がいるの、コレが、ほんと、いやァ、なんて言うかァ好奇心の塊でね。俺がその話したら、ハハハッ、行ったんだよ。偉いよなァ、あの探求心といったら。酒なんか、ほんのビール二杯で真っ赤になっちゃうのに。あっ、これ関係ないかァ、ハハハッ。ほんと、好奇心の強い男で尊敬しちゃう、偉い！　ハハハッ」

王様は、意味あり気に納得し頷いた。

私はそれでも、曖昧に笑いながら王様の次の言葉を待った。

王様は、器用に左手で握る箸で、焼鳥を串から外すと、七味をたっぷりと振りかけてからひとつ口に放り込んだ。それから焼酎を、グビッとあおると、再び喜色満面の表情をして話し続けた。

「後輩さァ、ハハハッ、それでやることだけはやったんだってさァ。偉い！　でもねェ、どうだったァ？　って深く聞こうとすると、なんかなァ……っていうか、ぼんやりっていう……、いや、そういう感じじゃないなァ。うーん、なんか話したがらないわけですよオ、タカベさん。いや、そう……、思い出したくないって、思い出させないでェって。そんな風な表情？　でも、やることはやったって言うから、偉い、立派、そうですよね！」

瞬間、私の口許から、勝手に言葉がこぼれた。

「そのー、ニューハーフの人って、アソコあるんですかァ……？」

「そう、そうなんですよォ、そこなんですねェ、そう、あるのかないのか……、ある人もいるし、ない人もいる？　どうなんですかねェ……」

王様は、ちょっと困ったように呟いた。

時間《とき》がたち、酒場の喧噪と紫煙が私たちの周囲を包み込み、二人の会話が弛緩した頭の中でボンヤリと進行していった頃、なぜか私の心を不安と焦燥が交錯するように襲った。

私は、いつまで同じ空間を彷徨っているのだろうか。未知なる磁力は、私の目の前に渦を巻いているのだ。私はただ、引き擦り込まれれば、それでいいのだった……。

上野駅前の丸井のそばに、おバアさんたちだけが店員の、アダルトエロ雑誌専門店がある。地下への階段を下りると、そこは地上のおネエちゃん、おニイちゃんの、ファッショナブルな待ち合わせの世界とは一転して、野郎どもの内包された欲望が、グツグツとした煮込み状態になって、一種異様な臭気を発散させている。割烹着《かっぽうぎ》姿のおバアちゃんは、時に雑誌の出し入れに厳しく、「見たのは同じ場所に置く！」また時には、買ってくれた客には優しく、「アリガトウね」と接し、その煮込み状態の緩衝剤になっている。時折、地下の店が普通の本屋だと思って入って来る女性たちがいて、入って来た途端、「キャーッ」という嬉しそうな奇声と笑い声が交錯し、一目散に地上への階段を駆けのぼる。それでも野郎どもは、その生身の状況より、アダルトエロ雑誌の中の女たちを凝視し続け、妄想と事実の確認に、一冊、また一冊と手に取り、欲望の捌け口を寡黙に模索する。

アダルト雑誌の中に、いわゆる際物、アブノーマルなものがチラホラと眼に付くようになったのは、いつ頃からだろうか。上野という土地柄、『さぶ』『薔薇族』というホモセクシュアル系は、以前からあったのだが、その中に、いつからかニューハーフものが登場した。当然のことに、圧倒的多数の男たちは、それ系には興味を示さない。だから、そのわずかな際物コーナーに立ち寄る者たちは限られてくる。

私は、その限られた男のひとりとして、今、そのコーナーに立つ。A5判の「ソレ」を手に取り、パラパラとめくる。そして、そのグラビアの一ページ、一ページに、頭上からわけのわからない衝撃をくらい、たじろぎ、目眩《めくるめ》く私がいる。胃の辺りにはモヤモヤとした怪し気な感情が湧き出て、胸の辺りまで這い上がる。呼吸は稀薄になり、小刻みに身体が震えた。

〝偏愛か……？〟どこかで声がしたようだった。いや、声は私の深層から囁かれたのだ。しかし、今、私の眼の前には、未知なる磁力が煮えたぎって、私を引き擦り込もうと渦を巻いていた。

グラビアの片隅に記された、ニューハーフヘルスの電話番号が眼に入った。私は動揺したままの頭にインプットすると、妖艶なる渦に、一気に飛び込んだのだった。

公衆電話の受話器から、野太いおネエ言葉の主が指図したように、今、私は鶯谷から浅草方面へ抜ける言問通りを、未知なる磁力に引っ張られるように歩いていた。一見整然としている通り沿いの街並みも、歩く程にバブル以降の空前絶後の不況化のせいなのか、色褪せて見える。それでも、おばあちゃんと孫なのだろうか、店先で梱包材料の上に座って、微笑みながら将棋を指している風景を見ると、なんとなく心が和んでくる。

しかし、果たしてこんな何気ない通りに、ニューハーフヘルスは存在するのだろうか……。

前方から、髪の長いやけに派手な化粧をした女性が歩いて来た。限りなく膨脹した私の妄想は、彼女を勝手にニューハーフ嬢に見てしまう。ところが、その彼女が、ある店先の広く開けられた入口の前に立つと、不意に合掌をし、何やら呪文を唱え始めた。いつもの事なのだろうか、店内の人々は見て見ぬふりをするように遣り過《やす》ごしている。ものの十数秒、最後に彼女は目の前で面を切るような仕草をすると、何もなかったように口許に笑みを浮かべ立ち去って行く。厚化粧の下の土気色の荒れた肌が透けて見えた。

二十分程も歩いたのだろうか。野太いおネエ言葉が指図した、Ｐマンションらしい建物が見えて来た。たぶん、あの建物なのだろう。建物の近くには、八百屋、弁当屋、肉屋などがあり、夕暮れ近く食材を求める女性たちが三三五五と歩いている。

〝まいったなァ……〟

私の深層から言葉が漏れた。あまりにも日常的な風景が、今の私にとっては違和感があったのだ。だから私の内心は、装うことを私に強いる。しかしそれでも、杞憂と強迫観念が波状的に私を襲った。

〝考え過ぎなんだよ〟

私は自らを納得させるように呟くと、湿気た臭いのするＰマンションの、薄暗く長い通路をエレベーターフロアまで歩き、エレベーターの昇降ボタンを押した。しかし、エレベーターは、八階で停止したままいつまでも降りてこない。

〝何やってんだよ……〟

私は、焦り苛立つのを感じた。私の背後の薄暗く長い通路の先には、ぼんやりと明るい夕暮れの街の情景が映っていた。

私は、もう一度、ボタンを押した。するとエレベーターは、私の感情を弄ぶかのように、ゆっくりと下降し始めた。そして、エレベーターのドアが、私の感情などそ知らぬように開き、私を階上へゆっくりと引っ張り上げた。その瞬間、異界へのアプローチに武者震いする私がそこにいた。

——あれは、マンションの最上階の九階だったのだろうか……？

ドアが開くと同時に、私の姿を感知したセンサーが、淡いピンク色の照明に染まった小さなフロアに、金属的なメロディを流した。先程から降り注ぐロック音楽が、私の肉体に抉るような鋭い刺激をおくる。

立ち尽くす私……。

不意にカーテンが開くと、「男」が現れた。脂気のない黄土色の顔、無精髭がうっすらと鼻と顎の下に浮き出ている。私から眼を逸すようにすると、乾いた唇をゆっくりと開いた。

「いらっしゃァいませーェ、初めてでいらっしゃァいますかァ」

「男」は、頭の天辺から声を出すように、おネエ言葉で叫んだ。

私は、「男」の表情と声の違和感に戸惑い狼狽《うろた》えながら、失った言葉を探すように呟いた。

「あっ、うー……、ハ、ハィ……」

「それ？　それでしたらァ、こちらの写真の中から、気に入ったコをお選び下さいね。お決まりになりましたら、このボタンを押してお呼び下さい。慌てずにごゆっくりね……」

そう言うと「男」は、無造作にカーテンを閉じ奥に消えてしまった。

カウンターの周囲の壁には、それぞれのコが、それぞれの精一杯の女らしさを表現して、写真に写し出されていた。そして、写真の下や脇のキャプションには、そのコの事情が表記されていたのだった。

玉抜き、玉アリ、あるいは処置ズミなどと……。

その直截的な言葉、親切心溢れた言葉、しかし、私の想像力はコトリとも動きはしない。それら俗化した言葉を前にして、萎えてゆく私がそこにいた。だから私は、幻想の女ケンタウロスを脳裏に甦らせ、ポートレートを凝視し、ひとりの人を私の確信として選び出したのだった。

ボタンを押す。再び「男」がカーテンを開け登場する。私は確信の人の源氏名を告げる。しかし、この「男」は、声を出さないと、なぜこんなにも無表情なのだろうか。私は、手続きをする「男」の顔をボンヤリと見詰めた。不意に何を思ったのか「男」が顔を上げ、私の視線と交錯した。その時、「男」の脂気のない黄土色の顔が、わずかに揺れ、喉仏が小さく動いたようだった。「男」は、それだけの表情を見せると奥へ消えた。

私は、「男」の指図するまま、小さなフロアの隅にひとつ置かれた椅子に座り、確信の人を待った。その間にも、降り注ぐロック音楽のドラムの響きが、私の腹にボディブロウを打ち続け、得体の知れない感情が胸を這い上がり、呼吸を苦しくさせた。

そして、突然、私の内在した勝手な感情など、一瞬にして消し去ってしまう程の明るい声が聞こえた。

「おニイさまァ、お待ちになったァ！」

日本人ばなれした容姿の彼女が、屈託のない笑顔を振り撒いて私を見下ろしていた。

「あっ、おニイさまァ、また、お会いしましたねェ。嬉しいわァ、またお会いできてェ」

彼女は、矢継ぎ早に独得のイントネーションで言葉を発し、私を戸惑わせた。

「エッ、いいえ、初めて……、初めてなんです……」

私は、しどろもどろとなって言った。

一瞬彼女は、怪訝そうな表情をしたが、私の言葉にそれ以上反応せず、先に立って笑顔を見せながら、エレベーターに乗り込むと、ひとつ下の階、八階のボタンを押した。

しかし、エレベーターの中に入ると、再び話を蒸し返した。

「エーッ、ホントーッ、おニイさま、ガッチリしてるでしょー、うそー、ワタシ、会ったことあるーゥ、絶対！」

私は、曖昧に笑う以外手がなかった。

わずかな時間を経て八階に到着すると、彼女は部屋に案内した。薄暗い廊下に浮かび上がる彼女の、白いブラウスと白いパンツに包まれた姿態が、私の心臓に早鐘を打たせた。

部屋に入ると、彼女はバスタオルを手に持ち、微笑みを返しながら私に裸になることを促した。

気恥ずかしさの中で服を脱いでゆく。と、突然、

「ホラァーッ、やっぱりーィ、おニイさまガッチリィして、絶対前にお会いしたことあるーゥ」

彼女はそう言うと、リズミカルなステップを踏んで、私をシャワールームへ案内すると、どこかへ消えた。

シャワールームの小さな窓から街の風景が見える。街は夕暮れの一時の喧噪の中で動いているようだ。遠く近くにあるイルミネーションの明かりが点《とも》り始めた。ビルの窓には、忙しそうに立ち働く人影が見える。眼下にあるトタン屋根の上の物干し台には、取り込み忘れたのか洗濯物が揺れている。

私は、前もって彼女が置いていってくれたのだろうか、歯ブラシを手にとると歯を磨き始めた。小

窓から見える風景と、私のおかれた、いや、自ら勝手においた立場の圧倒的な違和感に、奇妙な悲しさがわいてでたのは、なぜなのだろうか。

そんな感情の中、何気なくシャワーのコックを捻《ひね》ると、水が勢いよく飛び出て私を驚かす。一瞬鳥肌が立ったようだが、すぐに温水に変わり、身体が弛緩してゆくのがわかった。そして温水は、ずっと弛緩したままのペニスを伝って床に落ち、排水溝へと吸い込まれていった。

「おニイさまーァ、よろしいですかァ……」

彼女の声がした。

私は慌ててシャワールームのドアを開ける。

彼女は、バスタオルを手に持つと、微笑みながら、私をバスマットに促し、濡れた身体の水滴を手早く、しかし優しくふきとった。

そして再び部屋へ案内すると、

「私もシャワー浴びてきますから、お待ちになってねェー」と、甘く囁いた。

私は、ただ単に、ある機能だけのための、広い空間にしつらえられたダブルベッドに、バスタオルを腰に巻いたまま、ぽつねんと座っている。ボンヤリと点るライトが、小さなテーブルの上に置かれ、片側の壁面には、ダブルベッドに平行して横長の鏡がはめ込まれている。そして何よりも、先程から映し出されているテレビの画面のビデオでは、「男」、「女」、「男女」、「女男」、いや、何もかもが渾然一体となって、あからさまな欲望の限りを演じ続けていた。白人、黒人、ラテン系、あるいはオリエンタルと、様々な顔と肌と肉体が、それぞれのペニスをヴァギナをアナルを、いや、考えられるすべての果てを、湿潤にまみれ、人間という動物のエゴイスチックな飽くなき欲望を、絡みつき縺れあい、あるいは辱しめて演じ続けていたのだった。そして、ある意味でそれは、この世界を支配する圧倒的なる力そのものの、凝縮した一場面にも見えたのだった。

不意にドアが開いた。その時、テレビ画面の中の演じ続ける人々が、遠い視野へ離れていったのが私にはわかった。

今、私の前には、黒いブラジャーと、黒いTバックをつけただけの、生身の彼女が、その豊満な肉体を見せて微笑んでいた。

ふと、彼女が、真顔になって言った。

「おニイさまーァ、ホントォニ初めてェ、ホントォーニィー……」

私は、彼女の問いかけを引き取るようにして言った。

「ええ、初めてです。本当に」

彼女は、遠い眼差しを見せ、少し首を傾げてからポツリと呟いた。

「驚かないで下さいねェ……」

そう言うと彼女は、恥じらうように、黒いブラジャーとTバックをとった。

瞬間、私の脳裏に、幻想の女ケンタウロスが甦った。いや、それは幻想ではなく現実に、女と男、あるいは男と女、いや、そういった既成の概念ではなく、まさに、女ケンタウロスという異形の人が甦ったのだ。

「きれいですね……」

私の口許から、自然に言葉が漏れた。

彼女の顔に、淡いピンク色が広がり笑みがこぼれた。ふと、彼女は無造作にリモコンスウィッチを手に取ると、テレビに向かって操作した。瞬く間に、画面から、エゴイスチックな飽くなき欲望を演じ続けていた人たちが消えた。

彼女は、ダブルベッドに歩み寄ると、私の横に座った。眼の眩むような圧倒的な姿態、そして、薄くきれいな陰毛の下の萎縮したペニス、私はわかっていても、動揺を隠すことができなかった。

「おニイさまァ、驚いたでしょォ……?」

彼女は、申し分けなさそうに囁いた。

私は、曖昧に微笑みを返す以外になかった。しかし、今、私は彼女の心の内に入ろうとして踠《もが》いていた。そしてそれは、自ら異形の人となった彼女、女ケンタウロスと伴に、夜空を巡る一瞬の夢を見たかったからなのかも知れない。


リリィ、二十七歳、オーストラリア人の父と、日本人の母の間に生まれた。ハーフアンドニューハーフである。

「ハーイ、ワタシィ、生まれつき、そう、目覚めた時にィ、女と思った。ショック? ショックはなーい、全然なーい。だから……、うーん、そうですねェ、だいたい、六歳か七歳の時から、自分のこと女の子だなァ思ってたかなァ……?」

思慮しつつ私が発した、「あなたは、いつ自分のことを女と感じたの?」という問いかけに、リリィは、なんとも呆気なくハイテンションで答えた。

「ワタシィ、兄弟は五人。お姉ちゃん、お兄ちゃん、ワタシィ、弟、妹ね。そう、ワタシィまん中。お父さんやお母さんは、この子変わってるなァ？　思ったんですてェ。なんか、この子は違うなァーてェ。毎週日曜日、家族の日ですからァ、おしゃれしてデパートとかァ、ドコドコに行くって決まってるじゃないですかァ。デパート行くと、ワタシィたち決まってオモチャね。お父さんが、好きなオモチャプレゼントしてくれるの。お兄ちゃんと弟はねェ、ロボットとバイクとか、ワタシィとお姉ちゃん妹は、ほとんどバービー人形を取ってェ、これが欲しいーって。それから、もうお父さんお母さんがね、この子違うなァと思ったけどォ、反対はなかったよォ、今までェ。そう、なんか変わってるわァ、女っぽいと思ったけどォ、男らしく育てようとか、ナイナイナイ、今までナーイ。そうそう、だから好きなもの買ってェ、ダメとか、今までナーイ」

リリィは、私が漏らす言葉を素早く拾い上げると、屈託のない笑顔で、もっともっとと、質問を催促するように身体をよじった。そのたびに、ほのかな甘い薫りが漂った。

「お兄ちゃんたちとは、別にケンカはなかった。ただァ、やっぱりたまにィ、ワタシィとお兄ちゃん弟でしょォ。だから時々、男の子の遊びやりましょォとかあるじゃないですかァ。でも、ワタシィ、イヤ！　そんな時、お兄ちゃんたち、あなたァ、男でしょーォてェ。ワタシィ？　男？　違うよォー言うけど。お兄ちゃんがァ、エー、エーてェ、なんかビックリしてるみたいよォ。なんでェ、そーいうこと言うわけェーてねェ。遊びィ、そうそう戦争ゴッコみたいので、あなたは、どんなこんなで、ワタシィはこんなで、ここでバトルしましょォとかァ。ピストル持ってきてェ。ワタシィ、やだよォ言うんですよォ。だからワタシィ、お姉ちゃんと妹と遊ぶこと多かった。どこどこのプリンセス、お嬢様ゴッコとかァ。ワンダーウーマンとかァ、そうそう……、たまにィ、ミスユニバースの遊びィ。ワタシィの方が優勝したいよォとかキレイだからァとかァ。でェ、お姉ちゃん、兄弟で一番上だからァ、ワタシィと妹を一番かわいがってたのォ。そーですねェ、新しい化粧品買ってきたら、ワタシィたちに見せるのォ。そう、だいたい口紅ですねェ。これ、ワタシ買ったよォって。似合うかなァて、ちょっと塗ってェ。それ見てワタシ喜ぶんですよォ。オーゥ、かわいい、お姉ちゃんに言ってェ、うーん、オモシローイ」

リリィは、ダブルベッドに腰掛け、まるでなんの悩み事もないように、表情豊かに楽しそうに話した。私の口許が微笑み、彼女のペースに引き込まれてゆく自らを感じ始めていた。

「ワタシィ、十四歳の時からピル飲んでるんですよォ。ハーイ、そうですよォ、ワタシその時はまだ身体できてないんですよォ。チョコっと胸ふくらんでたんですよォ。女の子でも大きい子は大きい、小さい子は小さい。サポートブラってあるじゃないですかァ。小さい子は付けるんですよォ。ただワタシありましたからァ付けなかったァ。

ワタシィ、オーストラリアで通ってたのは、やっぱり男子校なんですよォ。うーん、いじめ？　いじめはないけどォ、ワタシィ、女ぽいから、逆に、そうねェ……、白人系の男の子って、早く大人になってェ、HのこともSEXのことも、やっぱり早めに興味？　だからワタシのこと、この人はもしかしたら、女の子？　ていうより、もしかしたらゲイ？　そうそうそう、だからァ、たまにィスポーツ終わってェ、シャワールームはいるじゃないですかァ。うーんそう、たまにィみんなわざとにィね。

そう、モノ出してェ、ワタシにィ、GIVE　ME　BLOW　JOBとかね、アハァハァハァハァ、そうそうそう、フェラのこと。そう、しゃぶってェとか。ワタシは、そーう、最初はやっぱりィ、エーェとか、NO！　とか言ってたけど……。まァやっぱりィ、そのうちネ、経験ありますよォ。だから一番最初の彼氏は、ハイスクールのラグビー選手でチームキャプテンだから、その人とだんだん仲良くなってェ、そう、もう経験しましたよォ。そうもちろん、その時から男性が好きでしたし、ワタシは女の子に興味なーい、経験もなーい、したことなーい、することも考えなーい。

高校の時、好きだった彼氏？　ワタシ好きだって言った？　ううん？　向こうがねェ、うーんもちろん、向こうが『アイライクユー』はい『好きです』って。まだ学校にいる時ねェ、『愛してる』言わない。『アイライクユー』好きですって。うーん、だからワタシも好きよーって。二人の関係は恋人同士になっちゃった。自然になっちゃった。肉体関係？　とりあえずフェラチオとか、もちろんありますよォ。でも、その時若かったから、経験がなかったから……。フェラチオだって、どうやってすればイイのかわからないからァ……。とりあえずHビデオ見て、ああ、そうーなのか、勉強して、彼氏にしてあげたのォ。もちろんHビデオ見て勉強すれば、彼が満足するかも知れないと思って。だって経験もないし、何をしてあげればイイのかわからないじゃないですかァ、不安じゃないですかァ。だからァ、男が満足するには、どうすればイイのかァ……、思ってェ……。そう、その時、本当に性に目覚めたの、もう、ちゃんともう。あっ、そう……、ワタシィ、ガッチリ？　白人の身体違うじゃないですかァ。日本だったら、まだ子供ォみたいのォ、ガリガリィ？　そう向こうでは、まだ若いのにィできてるのォ。そう、それ感じますゥ。オー・マイ・ガット！　すごいガッチリ？　マッチョはあまり好きじゃない。きちんと筋肉がある人が好きです。それの方が感じますゥ……」

リリィはダブルベッドの上で、瞳を潤ませ身を悶えるように腰を浮かせ、性の目覚めを吐露する。

その感慨が私にまで伝わって、想像するだけで、オー・マイ・ガット！

しかし、私は、ハーフアンドニューハーフであるリリィのプロセスを執拗に問いかけ、ハイテンションのリリィを現実に引き戻そうと試みる……。

「先生も別に、ゲイ、ニューハーフに、そう、何か問題はなかった。ただァ、大人の世界には、ゲイとかニューハーフに対する差別は、どこかあるかも知れない。仕事とかSEXハラスメントとか。オーストラリアでは、ニューハーフでもどんな仕事でもつけるんじゃない。日本では限られてるんじゃない。ワタシィ、オーストラリアのホテルで通訳としてバイトしたこともありますよォ。ワタシィ、サインする時、チェックはいつもメール（男）と書いてたけど、でも、貰った制服はスカートだった。だから、あらイイですねぇ、ラッキーと思った。そうそう、女の子と認めてくれたの。そう、ホテルではいつも、ミスJて呼んでくれたの、ミスターじゃなくって。だから見たままで呼んでくれたの。当たり前でしょ。ミスターJて呼んだのに、いきなり女の子の格好したのが出てったら、お客さんも、エエーッて驚くでしょ。

人種問題、RACIAL DISCRIMINATION、人種偏見？ そう、どうやって説明すればいいの？ だから、たとえばアジア系とか白人とか黒人とかの人種差別はあります。でも、私がオーストラリア人と、日本人のハーフだったことで差別はなかった。だから、まだ良かったァと思った。私のこと、日本のハーフだって、みんなわかってますから。いつか日本へ帰るなァて、みんな思ってましたァ。ちっちゃい時、長い休みがあると、日本へ遊びに行ってたんですよォ、仙台のおばあさんの所へ。それでおばあさんが倒れた日、やっぱりお母さんも決めたんじゃないですかァ、お母さんひとりっ子だから。うーん、帰っておばあさんの面倒みないといけないなァ、考えてェ。その時、兄弟で結婚してた子もいたけど、ワタシと妹はまだ結婚してなかったので、一緒に日本行こうと思ってェ。最初は、ワタシも妹も不安でしたァ。まだ何もわからない。ただ、オハヨウとかそういうコトバしか……。日本へ来る時、ワタシィ、そう、これから何をするとか、まだ考えていない。ただ自然にィ、そうそう。ただ、日本、どういう国かなァ、そう、そう不安ばかりでェ……。

日本では、オーストラリアではないことといっぱいあるんですよォ。たとえばチカン？ そう、チカンは電車とかどこでもあるけどォ。ストーカーもされましたァ。それからナンパも多いですしィ。街で買物しててェ、突然話しかけてきて。ワタシィ、白人系じゃないですかァ、ハーフよりどっちかというと白人系だから、白人と思ってェ。ワタシィ、外では絶対NO！ アイムソーリィとか言うの。しつこくする人いますよォ。でも、やっぱり優しく正しく、アイムソーリィて言えば、それでやめますけど……。たまに、ホントニィしつこい人、それは怖い……。ワタシィ、顔はいじってないですよォ。ワタシィ、日本へ来て、オカマとかニューハーフとか言われたこと今までなーい。ワタシィ、若い女性みたいな感じなんだってェ。日本人の友達？ いっぱいいますよォ。男も女も、学校でもプライベートでも。あー、ワタシィのこと？ ニューハーフて知ってる人もいるけど、わからない人もいるんじゃない？ ニューハーフなんて、知らない人もいるんじゃゃ……？ だってさァ、友達だからって言う必要もないじゃない。ワタシィ、ニューハーフだからダメよーって。ワタシが言う必要もないじゃない？　それよりも人間関係の方が大事じゃない」

オーストラリアでの青い季節だけでなく、それらを取り巻く環境が、また、日本での暮しが、リリィの脳裏を巡ったのだろうか……、ふと、瞳を宙に浮かせた……。

いや、リリィのキャラクターは変わりはしない。すぐに陽気なテンションにステップする。

「ワタシィ、今、ファッション関係の学校に行ってるけど、ワタシィのこと、ニューハーフだって知らないよォ。一番オモシロイのは、たまに学校の仲間と一緒に、化粧直しに女性トイレに行くじゃないですかァ。そう、たまにィ女の子の毎月の？　そう生理の。そうするとォ、女の子がねェ、『ねェ、J、ちょっとタンポンある？』てェ。ワタシィ、毎日、ナプキン使ってるんですよォ。あの、ほら、オシッコした後、きれい好きだから汚れないようにィ。だから、ワタシィ、『あるよー』て、ナプキン貸してあげるんですよォ。『いいよォ』って。そうすると、『外人なんかもタンポン使うよね？タンポン使ったことある』聞くから、ワタシ、ちょっとウソついて、『あるよォ』って。そうすると、『どうどう感じる？』聞くから、『ううん、変な感じだから、ワタシィナプキンの方がイイなァ』って言うと、『そう、オモシロイねェ』とか言ってェ……。そうなんですよォ。だから、ワタシのこと、女だと思ってるんだなァと思ってェ。

学校で男に、『今度ディナーでも行きませんかァ』誘われてもォ、『ごめんなさい』て何回も断った人もいる。『なんで、俺のこと嫌い』て聞くから、『嫌いでもないよォ』、『じゃ、彼氏いる』て言うから、『いるかいないかの問題じゃないよォ』そうそう、『なんでェ』て聞くから、『なんでなんでの問題じゃないの。ただそういうつもりがないの』て言うの」

リリィが語る言葉、それは、言葉のままで留まらない。そこにはいつも、情景が描かれる。そして時々、リリィのちょっとコミックないたずらっぽい姿が、私の脳裏を出たり入ったりする。アッケラカンとした性格……？　いや、女を語る時のリリィは真剣だ。

「ワタシィ、バストは、食塩水も入ってるけど、ピル飲んだから自然に大きくなったの。そうですねェ、髪も小さい時から伸ばしたのォ。だから女装？　うーん女装じゃない。男が女の格好すると女装て言うけど、ワタシはねェ女だからァ、女装じゃない。別に女装とは思ってないんですよ……。ただ、やっぱりィ高校生の時は……、なんていうのォ、全く女の格好はしないよォ、自分がわかってるからァ。まだできてない身体だったから、もちろん、いきなりスカートはくと笑われるからァ。だから、その時は、ユニセックスのジーパンとかあるじゃないですか。オーストラリアにもあるから、男、女、ユニセックスのたとえばTシャツ、女の子のTシャツだけど下品じゃないTシャツあるじゃないですか。それを着て、ジーパンとか……。そして高校の時から髪の毛もどんどんどんどん伸びて、ホルモン注射も打ってェ。それから、日本に来て玉も抜いてェ。それは、ステップバイステップで……。玉は十八歳以上になったら取れないんですよォ。たぶん……、そうだと思いますよ、その時は……。

完全な女性になりたいけど、自分のリミットってわかってますから。完全な女性になりたいけど、やっぱり女ではないから……。できれば、女と変わらない位になりたい。ペニスは最後に取りたいんですよォ……、取りたい。来年位取りたい。ペニスは年齢的なリミット？　それはないですね、それはない。ペニス取ってェ、女性のォ、そうそう、ヴァギナの形作ってェ、穴も作ってェ、そうそう、だから女性みたいのォ。あっ、そういう友達いっぱいいます。そうですねェ、そういう友達に聞くと、そう、やっぱり取って良かったって言いますね。不安はない、ないって言ってますね。ただ、取った後のケアするのは大変じゃないですかァ。やっぱり大変な手術だからァ、ちょっとアフターケアもあるだろうしィ。ただワタシィはァ、不安もあるけど、逆に不安より早めに取りたい方が大きい。早めに取りたいのは、今、こういうヘルスで働く仕事だって、ずっと出来るわけじゃないでしょ。早めに取って、新しい仕事見付けてェ、それから社会で、女として生きてゆきたい。じゃまなモノとってェ。

将来？　ブティックオーナーになりたいのォ、ハイハイ、そういう感性なんです。ファッションデザインとか、ファッションに興味あります。コーディネイトとかァ、自分のブティックを持ちたい。それはいつ頃？　あー、ワタシよく変わるんですよォ、考え方が。ちっちゃい時は、スチュワーデスになりたいとかね。でもねェ、ワタシ、どうしても、どうやってもォ、あくまでもニューハーフじゃないですかァ。それはちゃんとわかってますからァ。何をやっても、身体いじってもニューハーフに生まれたらニューハーフ、ですね。だから、ニューハーフ、だいたい化粧品か洋服かァ、特に洋服の方がイイんじゃない。なぜかというと、人間生きてゆくのに衣食住？　そう、だから着ることね、着ることの方選んで、洋服の方で生きてゆきたい。高校の時からそう考えていたけど、最初はお金ないからね」

女より女らしくありたいと、リリィは健気に話す。将来の夢を話す時には、大きなジェスチャアで瞳をキラキラさせて、まるでマンガの主人公のように語る。しかし、現実の社会、とりわけ日本においては、リリィの前には困難なハードルがいくつかある。来日して約十年、悩みつつ暮らす日々だという。

「日本では、男と男の結婚は認められてないけど、アメリカやオーストラリアでは、男と男でも愛しあっていれば、結婚を認めてくれるのォ、籍にも入れます。日本人になるには、プラスマイナスがあるじゃない。だからァ、日本人にはまだなりたくない。そう、まだ差別があるから……。今は、オーストラリアと日本の二つの国籍でいい。怖いでしょ、日本ではプラスよりマイナスの方が多いから……」

暮し、ニューハーフとして暮しをたてるための手立てと考えた時、リリィに思いついたものは何だったのだろうか。どのような仕事があるのだろうか。ふと私は、ゲイのバニーさんの言葉を思い出していた。

――日本であのように女装しているっていうのは、他に職業がないんです。女装して、デパートで働けますゥ？　働けません。性転換しても働けません。結局、ゲイバーにいるしかないでしょ。アメリカでは、本当に女になりたければ、性転換して結婚して奥さんになるでしょ。性転換して看護婦になるとか、そういった手段はあるんです。すべて、その人がその職業に関して専門知識があれば、性転換していいようがなんの問題もない。問題がないっていうか、自然に受け入れられる。だから、外見の問題というより、仕事ができれば男も女も関係ないでしょ。日本も以前より、わずかには変わったけど、変わったうちには入りません――

そしてリリィは、世を渡ってゆくための生業《なりわい》を見付けた……？

「この店の生活は、そろそろ三年位ですかァ。最初はただの紹介ですよォ。うーん、そうニューハーフの子の。先にこの業界で働いていたアメリカとのハーフのニューハーフの子に。彼女も最初は、こういう仕事わからないじゃない。だから試しに入って、その後私に教えてくれたの。あなた、学校通っているから、時間的にお水商売できないでしょ、こういう仕事の方があなたに合うわよってェ。じゃ、何するのォって聞いたら、ヘルスよォって。最初はヘルスって聞いたら、マッサージしてあげる、それから色々？　まさかァこういうことする思ってないけど。だから最初、ヘルスだって聞いた時は、ああイイねェ、お願いお願い紹介してェ言ったの。ヘルスって、ただマッサージしてお金貰うから簡単じゃないと思って。入って色々教えてもらって、オーオー、別に気にすることじゃないけど。ただ……、ああ、人にHするのは、どうすればイイかなァと思ってェ。Hだってェ簡単じゃないよォ。そうです。精神的に好きでない人と、どうやってHするかなァと思ってェ。それは、やっぱり大変なことなんだけれども……。だけど自分で決めたことなんだから、ガンバらないとなァ思ってェ。なぜガンバる？　うーん、やっぱりなんの仕事でも、精神的に辛いことはあるじゃないですかァ、同じじゃないですかァ、だから、やっぱりガマンしなくちゃいけないことあるじゃないですかァ。なんでも仕事は同じだと思って、とりあえずコレは試してみよう、ガンバってみようと思ったんですよォ。でェ、今も続けて大丈夫だァ、できるわァと思って……」

「女より女らしく」リリィは何度もそう語った。しかし、今、リリィにはペニスが現前としてある。その、あえて言えば異形なる身体、その事実に彼女《カノジョ》は何を思うのだろうか。

「もちろん、この仕事にはペニスがないとダメなんです、ないとダメ。でも……、ペニスのない人もいるんですけど……。ここへ来る男の人は、ニューハーフが好きなんです。女にしか見えない顔、オッパイもあって、玉はない、でもペニスがある。ペニスがない人がよければ女の人の所へ行けばイイんです。来るお客さんよく言うんですよォ、そういう女の人の所は、オモシロクないって。うーん、そう、ここに遊びに来る人は、ペニスを持ってる人の方がイイって。そう、この人はねェ、女にしか見えないけど、ペニスが付いてる方が楽しい、オモシロイっていうことなんですよォ。私にとっては、本当はペニスがあるっていうことは、違和感？　そう、逆にワタシじゃない。でも自分がわかってますから、時間の問題で、いつかペニスを取るってわかってますから。ちょっと、ガマンして……。

ワタシのペニス、勃起しますよ。やっぱりこの仕事に必要ですから。ただやっぱり、玉を取る前より、そうですねェ弱くなりますね。それは関係ありますね。でも勃起しないと、この仕事できないから……。この仕事？　うーん、それはねェ、男の人のアナルにィ……、そう、入れたり、入れられたり……。ただ、もう精神的にとりあえずこの仕事しなくちゃいけないなァと思って、自然に集中？して……。射精？　もうあまりしない。ハイハイハイ、しないよォー」

完全なる女というヴァギナ信仰があり、また同様の、完全なる男としてのペニス信仰がある。ヴァギナとペニス、その結合あるいは挿入。しかし、その存在の稀薄さ不確かさに、私は時に頭が混乱錯綜する。そして、私にできることは、ただ手探りでリリィに問いかけることしかできなかった。

「ペニス取ってェ、女性のヴァギナ作ってェ、それ肉体的に感じる？　ううん、感じるんだってェ、感じますよォ。そういう話聞いた。SEXって、相手を好きになると感じるよ。精神的にも肉体的にも感じるよォ。それはもしかしたら、頭の中だけで感じてるのかもしれないけど……。好きな人とはァ、何かしてあげるとかァ、してもらうとかァ、肉体的に感じるよォ、ハイハイハイ。ただァ、仕事は肉体的にはないんですよォ。仕事は、ほとんど精神的に感じようと思うんです。それでないと勃起しませんから。こういう店で仕事してェ満足すること……？　うーん、むずかしい質問ですねェ……、満足……。そう……、うーん、フィフティフィフティにしてもらえません。もちろん、こういう仕事も、私にとって大切ですよォ。じゃないと続けられませんから……、そう……、ハイハイ、満足は、満足なんだけどォ、百パーセントでもない……」

リリィはクリスチャンだ。神様にゴッドフィリーグ　ピープルだから、悪いことをすると神様に怒られるという。だから悪いことはしないと言った。悪いことか……？

「この仕事ォ、ワタシィ、別に悪いことしているとは感じてません。なぜかというとォ、お客さんが自分で決めて、だから来るのォ。別に私から電話とかしてね、お客さん来ないと怒られるわけじゃない。自分で決めて来てるし、だから別に罪とかならない。騙す仕事でもないから。だってさァ、お客さんはニューハーフの店だって知って来てるんだから、女の身体にペニスが付いていても驚かない。逆に女の子の店に勤めていて、ペニスが付いていたら驚くでしょ。騙すわけじゃないし、チンチン付いてて当たり前じゃない。ただ、玉がないことに驚くけど……、エッ、ないのォとかァ……。それにィ、水商売の方がちょっと罪かもしれない。騙すこともあるから……。だから、この方がまだイイかなァと思う。水商売の時も、今も、ワタシィ、お酒もタバコもしないんですよォ」

風俗という生業に就いた者のほとんどは、当然の事として客を選ぶことができない。カノジョたちは、マンションの一室にスタンバイし、ひたすら声が掛かることを待つのだ。そして、私がリリィと偶然出会った様に、客との瞬間的な出会いが訪れる。そこでは、肉体を通り過ぎるというお手軽な関係が待ちかまえている。その上にまた、生身の人間と人間の隙間には、エゴイスチックな欲望の磁場が生まれる。金というものを介在した、圧倒的なる欲望の果てにトリップするのだ。倒錯、エキセントリック、奇態、あとはエトセトラ、エトセトラ……。客百態。

「こういう仕事でいやなこと？　いっぱいありますよォ。だってェ、来るお客さん、ほとんどねェ、紳士とかそういう人もいるけどォ、もちろん変わった人もいるじゃないですかァ。いきなり部屋入ってさァ、もう女の子の下着から女装のカツラとか出して、できればリリィさんと女装でしたいとかァ。もちろん、あたし、あくまでも気持ちは女ですから……。でもねェ、男オンリーしかできないじゃないですかァ。いきなり女装て言われて、お化粧してカツラかぶって、女の子の下着付けて……。でも、私はなんなの？　ってェ、あるじゃないですかァ。ワタシはなんなのって思ってェ。だからねェ、ワタシ、女の子に興味ないのに、なぜ女装してる人とするの？　そうそうそう。それはやりにくい、本当にやりにくい、大変ですよォ」

「SM？　全く興味なーい。やっぱりHなことは、そういう痛みはSEXて言えないじゃない。ワタシはそういうことを思っているんですよォ。なぜSEXするのに、感じるのに痛みを強くしなければいけないのォと思って。もしかしたら、外国人と日本人の考え方の違いもあるかもしれないけど。もちろんアメリカでも、どこの国でもSMはあるけど、でも、やっぱりいきなりロウソクとかムチとかねェ。それはわざとビジュアル的に見せるだけ。本当にわからない、痛みに感じる？　痛みに満足するていうの、ワタシィ全然ない。お客様がほとんど決めてるの始めから。ワタシには、ほとんど普通のHの方が多いんですよォ、入れる入れられる。SMは今までソフトだけ一回だけ、ワタシがいじめるのォ。女装はそんなに多くないけどありますよォ。ただワタシは、お客さんに、ワタシはこうい

郵 便 は が き

お手数ですが切手をお貼り下さい。

102-0072
東京都千代田区飯田橋 3 - 2 - 5

㈱ 現 代 書 館

「読者通信」係行

ご購入ありがとうございました。今後の刊行計画の参考とさせていただきますので、ご記入のうえご投函ください。なお、ご記入いただいたデータは、小社での出版及びご案内の発送資料以外には絶対、使用致しません。

お名前《ふりがな》	年齢 女　男
ご住所　都道府県　市区郡町 〒　TEL　FAX	
ご職業（または学校・学年をくわしくお書き下さい）	E-mail.
ご購読の新聞・雑誌	

□ご注文申込書(小社刊行物のご注文にご利用ください。その際、書店名を必ずご記入ください。)

書名　冊	書名　冊
書名　冊	書名　冊
ご指定書店名	住所　都道府県　市区郡町
■図書目録ご希望の方は御記入下さい。	■新刊DMのご希望　□ある　□ない ■このカードを送ったこと　□ある　□ない

書名	

●本書のご感想をお書きください。

●以下のアンケートへのご記入をお願いします。

① 本書をお買い求めになった書店名（　　　　　　　　　　　　　　　　　　　　）

② 本書を何でお知りになりましたか

1．新聞·雑誌広告（　　　　　　　　　　　）2．書評（　　　　　　　　　）

3．人に勧められて　4．小社のDM　5．実物を書店で見て

6．その他（　　　　　　　　　　　　　　　　　　　　　　　　　　　　）

③ 本書をお買い求めになった動機

1．テーマに興味　2．著者に興味　3．資料として　4．広告を見て

5．書評·記事を読んで　6．タイトルに興味　7．帯のコピーに興味

8．その他（　　　　　　　　　　　　　　　　　　　　　　　　　　　　）

④ 本書の定価はどうですか

1．高すぎる　2．高い　3．適切　4．安い　5．気にとめなかった

⑤ 本書の装幀はどうですか

1．とても良い　2．良い　3．普通　4．悪い　5．気にとめなかった

⑥ 本書のタイトルはどうですか

1．とても良い　2．良い　3．普通　4．悪い　5．何ともいえない

⑦ 本書をお読みになって

1．むずかしい　2．普通　3．やさしい

4．おもしろい　5．参考になった　6．つまらない

⑧ 今後お読みになりたい企画がありましたらお聞かせ下さい。

うプレイはうまくないから、もし、こういうプレイが好きなら、この人の方がイイよォてェ、ちゃんと教えてあげるのォ。そうですねェ、お客さんの年齢は、ビックリする程若い人から……、十九歳から、そうワタシには二十、三十代の人が多い。時々、年配？　おじいちゃん、うーん、たまにいるいるいますよォ」

リリィの話を聞きながら、ふと、私の脳裏に、あるSMクラブの女王様の言葉が甦っていた。

――うちに来るM男クンたちの中で、女装してね、ペニスバンドでアナルを犯してくれっていう人が結構いるんですけど、そのうちその人たちって、ペニスバンドじゃ飽き足らなくなっちゃって、本当のペニス？　そう、それで犯されることをネ、そう、願望……する？　でも、あたしにはペニスありませんからァねェ……。かと言って、M男クンたちホモじゃないですから、男に犯されるわけにいかないでしょォ……？　だからァ、なんかねェ、ニューハーフのおネエさんとこ行ってですねェ、キレイなニューハーフのおネエさんにィ、ホンモノのペニスで犯される？　凌辱《りょうじょく》？　そう、されるの。変わってるよねェ……ハハッ、変わってないかァ。なんか、わかんなくなっちゃいますよねェ、わかるようでわかんない。ハハハッ……。

不意にリリィが、何かを思い出したように、言葉を選びながら話し始めた。

「ここは、お笑いのタレント、スポーツ選手、芸能人とか作家？　文化人？　うーん、テレビに出てる人。ハイハイハイ、名前は言えないけど、来るよ。そう、そういう人たちは、普通の女の子たちじゃオモシロクないから来るんで、そうですねェ、別にゲイとかホモとか言うんじゃないよォ。ただ、やっぱりなぜかというと……、あのォ、感じるんじゃないですか、わかる？　この人、ちょっと変わってるなァと思ってェ。あの人たちはホントの男、ただ、やっぱりキレイなものが好きみたいな感じ。ただ、たまに、なんかねェ、変わってる世界の方へ行きたい。やっぱり芸能人とかスポーツ選手とかァ、お笑いの人は女の子にもてる？　いつでも女の子手に入る。でも、そういう世界では飽きちゃう。だから、ちょこちょこと、変わった世界へ来るんですよォ。オモシロイよねェ、オモシロイ。人間だから、みんな完璧とは言えないからね……」

「お客さんの中にはァ、それは紳士で、奥さんも家族もいる、もちろん奥さんも愛してる。でも何十年と結婚してるから、そういう燃えるものないから、お店に遊びに来る。それは浮気ではないんだってェー。いくら美しいキレイでも相手は元は男だから、それは浮気ではないんだってェー。女の子の風俗よりクラブ行くより、これの方がイイって言ってたァ、罪にならないって。そうそう、この時間だけ遊んでェ、また奥さんや、家族のとこへ帰る。奥さんや家族が大事だからァ。ワタシたちと遊ぶだけじゃなくて、ワタシたちもカウンセラーみたいなァ……？　もちろん、色々話してェ、ストレスの解消になるってェ」

人間という動物は、自らを納得させるために、あえて言えば、様々な論理を展開する。そして、そのお題目を繰り返すうちに、その論理に自らが嵌《はま》り込み、正当化してひとり歩きする。それは、元、男というニューハーフ嬢との関係を、浮気ではないと自ら納得させる、涙ぐましくも笑える論理だけでなく、この社会に蔓延する論理なのだろう。「イラクに大量破壊兵器が見つかってないからと言って、ないと断定できるか」と開き直り、大義とやらを振りかざし戦争に駆り立てる人間も、ニューハーフ嬢との一戦を、「浮気じゃない」と言い分けする人間も、繰り返すうちにホントーに信じてしまうから怖い。ハハハッ……。それにしても、後者の方が罪が軽いのは、決まっているのだけれど……。

「お店でも変わった人いますよォ。別にニューハーフでもないのに、ここだと簡単にお金稼げるので働いてる人もいるんですよ。ただ化粧してオッパイいれてェ、シリコン？　それでェ、下も三点セットよォ、そうよォ、ペニスに玉も二つのォ。それでなんていうのォ、悪口でもないけどォ、性格も生活も男。だからァ、あの人たちとは一緒にならないからァ、話もしない。だってェー、違うんだものーォ。どこ見てもォーッ、あっ、やっぱり男だわって思ったァ、そうそう。ワタシたち一生懸命、どうすれば女の子になれるか考えて、アカスリとかエステとか美容院とかホルモン注射とか、女の子の身体見て、ワタシたち、あっ、まだこの部分足りないなァと思って、ちょっとなんとかしなくちゃいけないなァと思ってェ。こういう髪になりたいとか……。あの人たちはエステとか関係ないの。ただ、オッパイだけで、あー、どこ見てんのォーて感じィ。ペニス切る？　あの人たちその気ある？　それ聞いたことなーい。お金のためにそういう風にしてる。だからワタシ、いくら考えても、ここのお客さん変、変。だって、なぜかァ……？　だってェ、ニューハーフが好きなのは、やっぱり美しい、そういう意味じゃない。女より女らしい、女よりやっぱり色っぽいとか、そういう気持ちあるじゃないですかァ、イメージ的にィ。でも、いきなりあの人たち選ぶ人いるよォ。別にイイけどォ、でももしかしたらココ写真でしか選べないじゃないですかァ、だからァ……。でも、いくら考えてもねェ……、よく考えたら男同士Hしてるよォ。でも、ホントーの男でもないなァ、ホモだなァ。あんまり話しないから、あの人たちが男を好きとか、女でイケルかわからないけど……。だってェ、説明むずかしいよ。たとえば、ワタシたちがファッションマガジン買って読んでると、あの人たちマンガのアニメとかバラ族、男の……。あの人たち、ワタシ、女よって言ってるけどォ、でもォ話聞くとォ、仕事終わると、オッパイに白いのォ……？　さらし？　そう、さらし巻いてオッパイ潰して、ホモ公園に行ってるよォ。もォ、ワタシ、ホントにィ頭メチャクチャになっちゃう。そういうこと考えると……、なんなのこの人たち、わからないってェ……。髪の毛は伸ばして、顔もいじってるけどォ、そう整形してるけどォ、うんうん、やっぱり性格も生活も女っぽくしないといけないと思うの……。だからいっぱいあるんですよォ、ニューハーフ、オカマァ、ホモとかァ。ニューハーフは、やっぱり女の子と変わらない。ホモはァ男でェ男が好き。オカマはちょっと女みたいだけどォ、ちょっとわからない。だけど、みんな根本的には男が好きなんですよォ。

ニューハーフは、ホモの男の人は好きにならない。でも、その人たちは、ホモの男も好きで顔もいじってオッパイも大きくして……。だから、ワタシにはなんだかわからない。むずかしい、だからワタシは答えられない。だから、この店でも女っぽい子たちは、女の性格してる人はグループでェ。あの人たちは、ちょこちょことひとり一人でいるんですよォ、それぞれの考え方でェ。ワタシたちは趣味でもなんでも合うですよォ。たとえば、新しい化粧品が出たらコレがいいんだってェ、肌にィとかァ……。この男の人、ステキィとかァ話が合うんですよォ。その人たちに、どう、この化粧品？　て言っても興味ないってェー。だから、わかんないからァ、それぞれのォ、あっちこっちでェ、別に話しない方がイイから、そうですねェ……、ふーん、わかんないからァ……」

リリィは、大きな身振りで頭を抱える様に、何度もわかんないを繰り返した。そう、私にもわからない。わからないけど理解する……？　いや……、存在することを理解する……。〝論理矛盾〟どこかで、そう言う声がする。そうだろうな、私は私のことだってわかっていないのだから……。リリィ、悩むことはない、巷には様々な人がいて、様々なニーズがあるらしいのだ。

「日本人のニューハーフ？　むずかしいですよね。そう……、たとえば、日本ではニューハーフは、テレビのお笑いしか出てないからヘンですねェ。それにィ、ワタシとちょっと違うよね。ワタシは家族との関係、親子の関係強いです。だから親孝行してますよ。でも、みんなではないけど、日本人のニューハーフの人は、毎日のこと楽しみにしなくちゃいけないみたい。ワタシは将来のこと考えて、ゆっくり生きてゆこうと……。そうですねェ、だから今日稼いでェ、今日どこどこのホストクラブ、どこどこの売りセンへ行ってェ、また明日《あした》稼いでェ、ワタシはそういうの興味ないから。そのお金キープしておいて、明日、あさって？　学校で必要なものあると、ああ、よかった、お金あるから買えるってェ。一緒に働いてる人たちと話しますよォ、色々と……、うんうん。ワタシたちの話、他の人たちと全然違うもーん。だからオモシロイなんですよォ、なーんでも話します。だってワタシたち女と男合わせた身体、考え方、気持ちでしょ。だから、女のサイドの話も、男のサイドの話もあるじゃない。ニューハーフって、本当に頭イイなァと思った。日本人のニューハーフの子は、日本人の女の子はあまり好きじゃない。なんかァ、最悪とかァ、もうヤダーって、バカねーッて言ってた。日本人の男に対して？　同じィー、同じじゃない、みんなァ。でも、みんなでもないけど……。もちろん、マジメな人もいっぱいいる。逆にそういう人の方がイイなァと思ってェ、しっかりしてるーッてェ、うんうんうん……」

突然、リリィが、ダブルベッドの横の壁面に張られた鏡の中を見詰めながら、何かを思い起こそうとするように低く呟いた。

「ワタシはねェ、ワタシの好きな男性はねェ、もちろん、ワタシのことを大事にしてくれる人。見た目は関係ないけど……。ただ、ワタシ、身長一七〇センチ、大きいでしょ。だから、やっぱりワタシより背が大きい人。あと身体のガッチリした人、それは男らしいじゃないですかァ。肉々のマッチヨじゃない筋肉質？　の人。ハートはもちろん一〇〇パーセントいい人。私のことを認めてくれる人。あなたはニューハーフでも、根本的には人間だから好きよって。それ、あるじゃないですかァ。たとえば、日本の女の子は、ブランドとかに憧れるじゃない。だから普通の人と付き合う、もうないですよォ。それよりもお金持ってる人と付き合うねェ。それ、寂しいですよォ。ワタシは関係なーい、お金なんて働けばもうなんとかなる。ワタシはニューハーフだけど、ニューハーフのことだけ見ないで、あなたのすべてが好きだと言ってくれる人が好き。ワタシのもっと中のことを見て好きと言って欲しい、ハイ。そうですねェ、そう、どこかにそういう人いるんじゃない。今の日本の女性は、みんなじゃないけど、お金と外見だけという人が多い、そうですねェ、多いと感じる。だから寂しいですよ。なんか人間関係なくなっちゃって……」

リリィの横顔が、淡いライトの明かりに映し出されて綺麗だった。ぼんやりと見詰める私に気付いたのか、ふと、リリィは、遠い眼差しになってはにかんだ。

瞬間、私の口許から言葉が漏れていた。

「今、好きな人、いるでしょ……」

「ウッフフフフッ……、でも、いるはいる。一緒に生活してる人……、うん、まあねェ……。その人は、こういう仕事してるの知らない。今の生活？　午前中、学校行って、午後二時から十一時までココで働いてェ、だからァ、バレたらァ……。うーん、日本人ですよォ、ハイ。働いてる人です。ワタシは二十七歳よォ、将来に対しての不安？　それはありますよォ。それはねェ、子供産めないから、そうですねェ、今一緒に暮らしている人はァ、ワタシがニューハーフだって知ってますよォ。彼は大丈夫です。最初は偶然出会ったから、ワタシがニューハーフだって、もちろん知らなかったけど……。ワタシから告白して、その時、ビックリしたんですよォ、エッーて。でもォ、その人がァ言ったんですよォ。あなたが別にニューハーフでも、好きだから構わないって。ワタシがニューハーフだって告白してから、肉体関係があったんですよォ。その前はデイトしたり手繋いだりはありますけど。その時も、この人、他の人と違って優しいなァ思ってェ。遊びじゃないわって思って、早目に言わないと逆にふたりとも困る。だから言ってよかったと思ってェ。今、三十代ですよ、だから大人ですよ、すごく素敵な人。子供が産めないことにワタシは不安ですけど、彼は別にイイよって言ってた。だって、結婚してる夫婦でもォ、ほら、子供産めない女の子もいっぱいいるでしょ。不安は子供が産めないということだけ、他にはない、それだけ。自分自身は大丈夫……。

　これからの世界、うーん、戦争、環境、貧しい金持ちいっぱいありますよォ。だから、ワタシたちがガンバらないといけない。そう、お金だけじゃなく、ボランティア？　学校の時もやりました。ワタシには問題なし、人を助けるイイじゃないですかァ。ワタシなんでもやりますよォ、ホントに。未来？　将来のため、ガンバらないと……。

　私はリリィと別れ、鶯谷駅へと向かう言問通りを歩いていた。最早、陽はとっぷりと暮れ、人々は気忙しい表情を見せて家路についていた。

私は、ビデオBOXで偶然に出会った「女」を思い起こしながらも、今、別れてきたリリィとの接点が、どこにあるのかわからないままだった。自ら異形の人となった「女ケンタウロス」という存在。それは、女になるための一過性の存在であるのだろうか……、それとも持続する、される存在なのだろうか……。

私はわからないままに、あるいはわかる必要などないままに、家路へつく人々の流れに身を任せていた。幻想の「女ケンタウロス」と夜空を駆け巡る一瞬の夢、それはただ、不確かな感情が心の内に入り込み、私を不安にさせただけなのかもしれなかった。

ふと、通り過ぎる商店の片隅に置かれたテレビ画面が眼に入った。明るい画面には、航空母艦の上で演説をする、ブッシュ、アメリカ大統領の姿が映し出されていた。

今、私は、「幻想」から「現実」に引き戻された。そして、これからやって来るであろう、矮小化された「貧相なるグローバル化」へ、一層の不安を増幅させねばならなかった。

三章　彷徨する性

それは、春眠の頃だった。

ぼんやりとした陽差しが、私の心持ちを弛緩させていた休日の昼下り、古くからの知人のSさんから、突然、電話がかかってきた。

私は、久しぶりのSさんの声を遠くに聞きながらも、やはり、ぼんやりとした挨拶を返していたと思う。

Sさんは、一通りの挨拶をすると、少しの間、何か言い淀むように、受話器の先で躊躇《ためら》っていた。

私が、その沈黙のわずかな時間《とき》を嫌うように、言葉、それはたぶん、それぞれの近況などを問いかける言葉を発しようとした時だった。

「ノゾムがね……、ソープランドへ行きたいって言うんだ……」

Sさんは、囁くようにそう言うと黙り込んだ。

受話器の先からは、重い空気が漂い、私の心の中にも広がった。

私は、一瞬のわずかな戸惑いを感じながらも、訊ねていた。

「ノゾムくん…、ソープランド、知ってるんですか……？」

私の問いかけに、Sさんは言葉を探すように話し始めた。

「うーん、なんか…、雑誌で見たって言うんだ…。雑誌に、そういう所が載ってて、そこに行ってみたいって…いう…」

私は、Sさんからの予期しない言葉を聞いて、唐突に言った。

「ノゾムくん…、字、読めましたっけェ……？」

Sさんは、少し口籠ったようだったが、すぐに思慮しつつ話し続けた。

「うーん、それはね、それは…、ひらがなは読めるけど、漢字は、ほとんどダメだと思う。ただね、形で覚えているものがあるみたいで…。たとえば、駅名なんか…、行先を探す時、その漢字の形で探すっていう…。だから、その雑誌の記事を読んで、ソープランドへ行きたいっていうんではなく、なんか…、たぶん…、写真とか、雰囲気とか…ね、カンもあるだろうし……」

「じゃあ、ソープランドがどういう所なのかっていうことは、なんとなくわかっている……？」

私は言葉を継いだ。

「いやァ、そこまではわかってないし知らないと思う。ただ、さっきも言ったけど、写真を見た…、カンていうか、そういう…。まァ、直接、そこがどういう所か、正確にわかっているのかは、ノゾムに聞いてないし……」

不意に、私の心の中を、不可解な感情が通り過ぎた。そしてその感情は、Sさんへの苛立たしさとなって表出した。

「Sさんは、ソープランドがどういう所なのか、知ってますよね」

突然の私の言葉に、Sさんは動揺をみせたのだろうか…。私にはよくわからない。ただ、受話器の先からは、わずかな吃音《きつおん》を伴った声が漏れてきただけだった。

「うーん、だ、だいたいは…、あっ…、い、いや…、じ、実は、行ったこと…、な、ないんだ…、実は……」

私は黙っていた。そして、考えていた。私の置かれている立場を…。Sさんは、私に何を求めているのだろうか……。私は、曖昧な感情のまま、言葉を吐いた。

「それで…、ノゾムくんを、ソープランドに行かせたいと……」

「あっ、そ、そうなんだ…、行きたいっていうんで…、ただ、ソープランドわからないから……」

受話器の先から、少しの後ろめたさを伴った、Sさんの声が囁かれた。

「ソープランド、Sさんの家からなら、結構ありますけど…、あの沿線なら浅草の吉原がイイですかね…。ええ、そう、値段はいろいろで、安い所もありますけど、ハズレのない所なら、三万円ていうところですかね。高くたって、それはヤルことは同じですから。結局、その女《コ》を気に入るか気に入らないかっていう……」

そこまで言い終わった時だった。奇妙な感覚が私を捉えた。私の脳裏には、吉原のソープランド街の風景が広がり、店頭や四つ角に佇む、呼び込みやポン引きの男たちが映し出されていた。

〝旦那さん、イイ女がいますよ…〟

そう囁いているのは、私自身……？　妄想の中で浮遊している私がいた。

しかし、そんな私を、どこかに置き忘れてきてしまった、剝き出しの現実が引き戻した。

ソープランドへ、ノゾムくんが行くにしても、そこにはそれなりのプロセスがある。それをひとつひとつクリアしてゆかねばならない。ノゾムくんは、それらをクリアしてゆけるのだろうか……。

私は、Sさんにソープランドのシステムについて、告げなければならなかった。

「ノゾムくんが雑誌で見た、行きたいっていう店？　そこの電話番号なんか、わかるんですかね。結局、ソープランドもシステムがあって、電話で予約して、時間が指定されて、その店へ行く。店の受付で予約した女の子の名前を告げて、待合い室で待つんですけど…、たとえば、ノゾムくんが写真で見た女の子を指名する？　まァ、今回はフリーという形であったとしてもですね、どちらにしても、ノゾムくんがひとりでやるには、かなり面倒な手続きがいると思うんですよ。それ、彼にできますかね…？　で、その後に、女の子と個室へ行くわけですけど…、ええ、そこでホンバンていうかァ…、セックスする？　そう…、そうです」

そう話しながら、私は、そのプロセスをクリアすることも、ノゾムくんにとって、ひとつの経験になるのかも知れない、という、漠然とした思いも過《よぎ》った。それはある意味の社会性を身に付けるなどという、手前勝手な思いでもあった。

Sさんは、受話器の先で深く考えているようだった。それから、小さく吐息をつくようにして言った。

「ああ、そう…、まァ、そういうことも全部…、含めて、ノゾムがわかっているかどうか…、それでも行きたいっていうなら……。聞いてみるしかないだろうしね。まァ、聞いてみる、ノゾムに…。

じゃァ、どうも……」

Sさんは、電話を切った。

ぼんやりとした春の陽差しは、相変わらず暖かだった。その中で私は、再び心を弛緩してゆけるはずだった。しかし、今、私の脳裏には、ノゾムくんとのかつての日々が、ゆっくりと流れていた。

ノゾムくんは、もう三十歳になるのだろうか……? 彼は未熟児として生まれた。私は、彼と初めて出会ったあの日の驚きを、今でも覚えている。

〝まるで、餓死寸前のアフリカの赤ん坊じゃないか〟

私は、無言の中で、そう認知した。

それからの幼少年期を通して、ミルクの飲みも食も細く、痩せ細った虚弱体質は変わらなかった。その頃のノゾムくんは、私と会うことがあっても、ただ黒眼がちのシャイな瞳を、一瞬向けたと思うと、あとは知らぬ方向へ視線を移してしまうだけで、言葉のコミュニケートは、ほとんどなかったと記憶している。小学校に入学する頃には、知的発達の遅れがみられたが、Sさん夫妻は、普通学級への進学を選択し、近所の小中学校で九年間の義務教育が終了した。しかし、学校生活において、彼に特別のプログラムがあったわけではなかった。

彼の知的発達の遅れは、その後も劇的に改善することはなかったが、少しずつではあったが進歩もみられた。しかしそれ以上に、家族以外の他者との関係が、うまくつくれないようだった。

私は初め、それは彼の性格的なもので、シャイな恥ずかしがり屋の性格なのかと思っていたのだが、五年位前に、Sさんから、ノゾムくんが自閉症なのだということを聞いた。

ただ、私との関係で言えば、Sさんがたびたび、我が家へ彼を連れて来たからだろうか、私には、あまり人見知りすることもなく、だからと言って、多様な言葉を交わすわけではないが、会えばニッコリ笑い、こちらの問いかけには簡単に答えるといった、コミュニケートが成立するようになっていたのだった。

ノゾムくんと性……。私の中に、彼とのかかわりの中で、唯一、強烈に覚えている場面があった。あれは確か、彼が中学一年生の夏休み、キャンプに行った先で、バーベキューをしようと火をおこしていた時だった。初めに新聞紙にライターで火をつけ、その上に枯れた小枝を置き、火が燃えさかった所で炭を入れる。しかし、その日、持参した新聞紙だけではうまく火がつかず、週刊誌の本文ページまで破いて火に焼《く》べなければならなかった。火の周囲には、表紙とグラビアページだけを残した、幾つかの週刊誌が散乱していた。そんな時だった。おもむろに、彼は一冊の週刊誌を拾うと、グラビアページに写った水着の女の子を凝視した。それから静かに顔を近付け、鼻先がわずかに触れると、匂いを嗅ぐ仕草をしたのだ。

その行為を見た私が、曖昧に微笑むと、私の視線を感じたのだろう、彼はちょっと顔を赤らめてから微笑んだ。彼と一緒にキャンプにやってきていた、従兄弟の男の子が小さく笑うと、今度は一層顔を赤くして、笑いながらわざと大袈裟に、匂いを嗅ぐ仕草をしてみせてから、ポイッと火の中へ薄っぺらな週刊誌を放り込んだ。炎の中で、グラビアページの水着の女の子が、溶けるように消えていった。彼は、悪いことでもしたように、恥ずかしそうに眼を伏せた。

あれがノゾムくんの思春期の始まりだったのだろうか……。あれからの歳月、彼の性はどう成長し彷徨《さまよ》ったのだろうか……。

Sさんの電話があってから、どの位の月日がたったのだろうか。私の中に、ノゾムくんはどうしているのだろう。ソープランドへ行ったのだろうか…、という思いが、時折浮かび上がったり消えたりしていた。ただその中で、私の脳裏に去来した危惧といえば、ソープランドという欲望の磁場に、彼が受け入れられただろうかということだった。

障害者あるいは異形の人々の性、かつて私が取材した小人プロレスラーたちから、その体験を聞いていたのだ。

彼らは言った。

「僕ら、地方巡業すれば、それは男ですからトルコ（現在のソープランド）なんかにも行きました。確かに僕らのことを見て、断る店もあったけど、だけど、僕らを受け入れてくれた彼女たちが、ただ、お金のためだけとは思いたくないんです……」

金銭的対価によって、一人の女の性を一定程度支配できるという錯覚の中で、果てるという行為。女という性への幻想と妄想と執着、欲望は膨脹し、そして、一方的に果てることによって、一方的に萎縮してしまう男という奴の性。

しかし、その欲望の磁場という偽恋愛空間においてさえ、少なくとも、言葉のコミュニケートが、男を一時《いっとき》、愚かにも惑わすことがあるかもしれない。だから男は、行為そのものよりも、女の言葉のひとかけらが心に残存し、何かが触れあった…？　などと思いたがる。女は、通り過ぎた男の性など振り返らずに、ただ両脚を開くことによって、男の欲望が高揚し、手前勝手に果てるのを待つだけだ。男たちの性への欲求は、時間がたてば、まるで盛りのついた畜生のように、ドクドクと体内に溜り、女の仕掛けた罠に何度でも易々と嵌《はま》り込むのだ。

だから、もう一度、小人レスラーの言葉が、私の心を過るのだ。

「彼女たちが、ただ、お金のためだけとは思いたくないんです……」

あえていえば、ノゾムくんも、そんな彼女たちに会える…、のだろうか？　言葉のコミュニケートなしに……。

そんなある日、ふっと、何かが心にふれたのだろうか…、私はSさんに電話を入れた。そして簡単な挨拶をしてから、単刀直入に訊ねてみた。

「ノゾムくん、どうです？　ソープランド行ったんですか……？」

Sさんは、一瞬、ああ…、というような声を漏らしてから話し始めた。

「あっ、吉原へ行って…。そう、私が店へ電話して予約をとって、それで店まで一緒に行って。エッ、私？　私は待合い室で待っていた…。そう、ノゾムが行っている間…。あっ、そうねェ、ノゾムは…、なんか、あんまり話さないけど…。ただ、なんか…、ダメだ、ダメだって繰り返すだけでね。まァ、私も具体的なことまで聞こうと思わないし、中で何があったのかは、わからない…。うん、それでおしまいっていうかァ、それからは、ソープランドへ行きたいって、言わなくなったっていうかァ…、今の所はァ……」

私は黙っていた。そして考えていた。彼は、受け入れられたのだろうか…。何がダメだったのだろうか…。いや、ダメだという断定的な言葉の深層に、彼は何を表現しようとするのだろうか。

　一体、彼は、ソープランドに何を求めたのだろう。まさに、欲望の捌《は》け口《ぐち》としての性を求めたのだろうか。女という異性の温《ぬく》もりに触れたかったのか。あるいは、女に恋し、愛するという感情を表現したいと、思ったのだろうか……。

　今、私の脳裏には、ソープランドの室内が映し出されていた。そこには、不安気な眼をした彼が、ポツンと立っていた。ソープ嬢は、曖昧な笑みを浮かべながら、彼女にとってのマニュアル化した仕事をこなしているようだった。その間にも、彼女は彼女なりの幾つかの言葉を、彼に問いかけるはずだ。しかし、ソープランド、その欲望の磁場という事実を知らないまま、理解しないままに、彼は室内にただひたすら佇んでいた。彼は、ソープ嬢の曖昧な笑みに、どんな表情を返したのだろうか……。

　言葉のコミュニケートなしに、いや、言葉だけでなく、彼の存在そのものが稀薄化した時、ソープ嬢は困惑し押し黙り、ただひたすらの彼女の仕事をこなすだろう…。だから彼は、彼女のなすがままに、言ってみれば、マニュアル化以下の一丁上がりのベルトコンベアに乗せられて、行き着く所へ運ばれ捨てられた…か？

「ダメだ！」と言う彼の言葉は、私の心を揺す振り続けた。

　そして私は、わからないままの堂々巡りの中で受話器を置いた。


ある晴れた秋の日、私とSさんとの共通の知人の法事があった。

私は、埼玉県の荒川沿いにある霊園への道を、ゆっくりと歩いていた。やわらかい秋の陽差しが気持ちよかった。

そんな時だった。私の背後で、私の名前を呼ぶ声がする。

「ウッイチ…、ウッイチ…、ウッイチ…」その声は、私に問いかけるというよりも、ただ口の中で繰り返しながら、自分自身を確かめているような呟きだった。

私は振り返ると、声を発する相手を見た。そこには、笑顔で手を上げるSさんと、こめかみを赤く染めたノゾムくんがいた。

私は立ち止まり、彼らが追い付くのを待ってから言った。

「ノゾムくん、元気だった」

ノゾムくんは、こめかみを一層赤くしてから、ぎこちない笑みを浮かべた。

Sさんは、ノゾムくんを見詰めてから、ちょっと困った表情で言った。

「いやァ、今朝ね、突然行くって言ってね。どうしようかと思ったけど…、連れて来たんだ……」

ノゾムくんは黒いスーツに黒いネクタイをしめて、川面をながめていた。すでに、こめかみの赤味は引いていた。

「自分で着たの?」

と、ノゾムくんに聞いてみた。

ノゾムくんは、無言のままニヤリと笑った。再びこめかみが赤く染まった。

「ネクタイは、お母さんに結んでもらったんだろ」

Sさんが微笑みながら言った。

ノゾムくんは、顔全体を赤らめてから、恥ずかしそうに、しかし嬉しそうに笑った。

法事が始まり、僧侶の読経が流れている間も、彼は、人々の中で神妙な顔で、じっと佇んでいた。それぞれの人が御焼香に向かい、Sさんとノゾムくんも墓前に向かう。Sさんが線香を供え、手桶の水を墓にかけ合掌をしてから、ノゾムくんの顔を垣間見ながら促し後ろへ下がった。ノゾムくんは覚《おぼ》束無《つかな》い足取りで墓前に歩み寄ると、Sさんがしたように、煙たな引く線香を供え、手桶の水を柄杓《ひしゃく》で掬《すく》うと墓の上からかけた。それから再び、柄杓に水を掬ったのだが、そのままの姿勢で、少しの間、何かを考えているように墓の前に立ち尽くした。

Sさんが、心配そうに見詰めている。

と、その時だった。ノゾムくんは、墓の両脇に手向けられた花に、ゆっくりと優しく水を注いだのだ。それから、チラッとSさんを見てから、ぎこちない仕草で合掌した。

墓前から引き返してくるノゾムくんの眼が、一瞬、緊張感の中で強張っているように見えたが、すぐに弛緩し、もとの表情に戻ったのが私にはわかった。

その後、型通りの御清めの食事会が終わり、私とSさんとノゾムくんは、久しぶりの再会の中で、霊園の最寄り駅近くの酒場へ寄った。昼の酒が、私とSさんの気持ちをほぐし、ノゾムくんもやわらかく笑っていた。休日の酒場は、五時をわずかに過ぎたばかりだというのに、ほぼ客で埋まっていた。私たちは、片隅に空席を見付けると、生ビールといくつかの摘《つま》み物を注文した。そして私は、和らいだ心持ちの中で、いつしか饒舌になっていた。酒場の喧噪の中で気持ちがゆるみ、言葉に緊張感をなくしていた。

「Sさん、ノゾムくんは、あそこのこと、やっぱりダメだとしか言わないんですか……?」

私は、少し鼻にかかったくぐもった声を漏らした。

Sさんは笑みを浮かべながら、ノゾムくんに訊ねた。

「ダメなんだよね、ダメなんでしょ…? ソープランド」

ノゾムくんは、瞬きを一回してから、キョトンとした顔をして、しばらくの間考えているようだった。そして、自らの過ぎ去った日々への紐を手繰りよせたのだろうか。酒で赤くなった顔をさらに赤くして、白い歯を見せて笑った。しかし、その笑いはすぐに消え失せ、何かイヤなことを思い起こしたかのように、片方の眼の縁を、ゴシゴシと手で擦る仕草をした。それから真剣な眼差しで、断乎としたイントネーションで言った。

「ダメッ! アレ、ダメッね! ウッイチ、アレ、ダメッ、ダメよ」

瞬間、私は、ノゾムくんの激しい言葉に圧倒され、一切の安易な想像を奪われた。いや、それだけではなく、自己嫌悪の波動が一気に私の心を襲い、つまらないことを聞いた自らを恥じた。

私は、彼の何を知りたいのだ。彼のダメだという状況に、どんな思いを寄せようというのだ。物事を理解したような顔をしたまま、何を聞こうとするのだ。私は、萎えてゆく自らを思い知った。

「そう、ノゾムくん、ダメなんだよね……」

Sさんが、その場をなごませるように言葉を継いだ。

ノゾムくんの表情が和らぎ、空《から》になったビールジョッキに手を触れながら、ぼんやりと遠くを見詰めた。

「もう一杯ね、もう一杯だけね。それで、今日は終わり、わかった」

Sさんがノゾムくんにそう言い聞かせると、ノゾムくんは微笑みながら頷き、小さく呟いた。

「わかった……」

再び、酒場の喧噪の中で、私たちはたわい無い会話を続けてゆく。ノゾムくんは、注文された生ビールをおいしそうに口に運びながら、酒場の中で焦点のない視線を漂わせているようだった。その表情は、リラックスされているように私には見えた。そして、しばらくの間、至福の時間が流れているようだった……。

しかし、それは突然にやって来た。ノゾムくんの顔が紅潮し、激しい調子でジョッキを置くと、何かを耐えるような緊張した眼、いや、何かから逃れようとするかのような落ち着きのない瞳、そうではない、眼を伏せ、自らをどこかへ隠蔽するかのような挙動。すべての行為が統一性を欠き、オドオドと畏縮してゆくのだった。

Sさんは、瞬間的にノゾムくんの行動の何かを察知したようだった。

ふっと、私の背後を見詰めるSさんの眼と、私の眼がクロスした。Sさんは小さく頷いた。私は、何気ない仕草で、ゆっくりと振り返った。そこには、露骨で忌わしい視線を投げかける四十代半ばの男の姿があった。

男は、腹立たし気に煙草を吹かし、家族だろうか？　その談笑の輪から疎外されているようだった。いや、その中に入れない自らの感情の捌け口を、他者に求めているようだった。

不意に、私の心に、不快な、そしてほんのわずかな殺意の感情が過った。そして、その感情は、小人レスラーの言葉を甦らせた。

「もう、自分自身が自分に気付いた時からわかる。もうもうもう、それはわかる。あの、人から蔑《さげす》まれたような眼…、うん、特別なものを見る眼。ああ、なんか…、そう、そうだ。自分より劣るものを見る眼だ」

酒場の喧噪の中で、Sさんはゆっくりと椅子から立ち上がると呟いた。

「帰ろう……」

酒場から、駅までの道すがら、Sさんはポツリと言った。

「いるんだよね、ああいう人が…、ノゾム、ノゾムは敏感にわかるんだよね……」

私たちの後ろから歩いて来るノゾムくんが、Sさんの言葉を繰り返すように呟いた。

「わかる、わかる、うん、わかる……」

その言葉は、私たちが駅で別れるまで、断続的に呟かれたのだった。


あの日の出来事から、私の心の片隅に、ノゾムくんは今、どうしているのだろうか、という気持ちが、深く静かに棲み着いた。彼という存在は、どういう立場にあるのだろう。彼は、感情をどうコントロールするのだろう。彼の言葉から何を理解するのか。彼は何を求め、何をしたいのだろうか。そして、彼の性はどこへ行くのだろう……。

しかし、その思考は、ただ空回りするだけだった。

酒場での出来事から、すでに一年余りがたっていた。どういう経緯だったかは、忘れてしまったが、私とSさん、それにノゾムくんで伊豆へ旅行に行くことになった。

あれは初夏だった。私たちは土曜日の午前九時、御徒町駅のガード下で待ち合わせた。先に到着していたSさんが、私を見付けると、いつものように小さく手を上げた。かたわらには、サングラスをかけたノゾムくんが、所在無さ気に立っていた。

私は足早に近づくと、開口一番言った。

「サングラス、カッコイイね」

ノゾムくんは、やっぱりこめかみを少し赤くしたが、サングラスの奥の眼が笑っているのが、私にはわかった。

「最近、外へ出る時はサングラスをよくかけるんだ。サングラスをかけると、人の視線があまり気にならないみたいなんだ」

Sさんは、微笑みながら言った。

ノゾムくんは、Sさんの言葉を理解したように、口許がわずかに開き、白い歯を見せた。ノゾムくんの容貌の中で、確かに眼が一番特徴をもっていた。他者からの無遠慮な視線は眼に集中し、そしてなんらかの反応をし判断をする。彼は、物心がつく頃に、その視線の意味するモノが何であるかに気付いたのだろう。それは、小人レスラーの悲しみと怒りの心から吐露された言葉と、変わることはないだろう。

新幹線は熱海駅まで、そこから伊豆急行に乗り換え、私たちは下田まで行った。車中で私はSさんから、この一年余りのノゾムくんの生活を聞いた。

「うん、なんて言うか…、突然、食事をしなくなってしまうことがあるんだ。一カ月…？　いや、それ以上も…。そう、水分ぐらいは受けつけるけど、食べさせようとしても吐いてしまう。病院へ連れて行っても、内臓はどこも悪くはないし、そう、精密検査受けても、どこも悪い所はないのに食事は受けつけない。もう、そういう時は、ほとんど寝ているけど…。そりゃ、体重もガクンと落ちてね…。だけど、ある日から、突然何もなかったように普通に食べ始めたりして…。うん…、精神的な何かがあるのかもしれないけど…、わからない」

ノゾムくんは、私とSさんの話を聞きながら、時折、頷くような仕草をしたり、また、何かを思い出したように、暗い表情で車窓から外の景色を見詰めた。

「そう…、それと、昼と夜の逆転生活かなァ…、夕方頃起きて、夜中から明け方に行動するっていうかァ…。まァ、何をやっているのかは、こっちも寝ているからよくわからないけど、自分の部屋でビデオやテレビを見ているとか…。引きこもりっていうか…。そういうことも長く続くんだよね。それに何か…、時に、非常に攻撃的になってね…。何でかは…、ちょっと…、あっ、そうそう、家族で焼肉屋へ行った時だった。その時、以前の法事の時のように、ノゾムのこと、じっと見ている男がいてね。それでまァ、食事終わって店出てから、やたらに苛立って、攻撃的になってね。あっちこっちの店の看板や、放置されてる自転車を蹴飛ばしたり…、私にも殴りかかってきたりして…。だから、ちょっと落ち着かせようと思って、後ろから間をあけて歩いていたら……。

そのうち、徐行しながら通りかかったバンタイプの車を蹴飛ばしたか…、殴ったか…。そしたら、中から作業員が下りてきて、そのバン、建設現場の車だったんだ。作業服着た若いのが何人か下りてきて、ノゾムを殴り始めたんだ。私も、あっと思ったんだけど、そう、もう一瞬のうちにやられたって感じで、あっという間に走り去ってしまったけど。まァ、ノゾムの方が悪いわけだから…。それ以上激しくなったら…、自分が…とは思ったけど…。ノゾム？　うん、それは理解してる…と思う。殴られて、ダメージ…？　受けた。たぶん、身体も心も……」

ノゾムくんは、サングラスの奥の眼を、チラリとこちらに泳がせると、一瞬、緊張した強張った表情になった。

その表情を見て、Sさんが優しく言った。

「もう、ああいうことはしないよね」

ノゾムくんは、顔全体を赤らめ、ちょっと悲し気な顔をしてから呟いた。

「も、もうしない……」

そう言ってから、再び、車窓から見える海岸線の景色に瞳を移した。朝のうちは晴れていた天気も、伊豆に近付くにつれ、少しずつ変わり始めていた。いつの間にか空は、灰色の雲が支配し、海には強い風が吹きつけ、白い波が荒々しく海岸線に砕け散った。

ノゾムくんは中学校を卒業すると、近くの知的障害者施設や作業所に通った。また、土曜日や日曜日には、様々な障害をもつ人たちが集う会にも参加したが、どこもうまく馴染めなかったという。そういった施設や作業所には、自閉症児・者を理解し、きちんと対応できる専門的知識をもつ人たちが、ほとんどいなかったと、Sさんは言った。

「ノゾムはね、家庭内というか…、日常生活においては、ほとんど問題がないんだよね。いや、逆にとても几帳面なところもある。服でもフトンでもきちんとたたむし、とてもきれい好きだしね。外見も、なんていうか…、明らかに障害をもっているっていう感じでもないし。ただ、他者とのコミュニケートがうまくできない…。だから、扱《あつか》い難《がた》い？　のかもしれない。よその人が声かけても、ふっと避けてしまって…、自分の中に閉じ籠る。声かけた人にとってみれば…、なんだっていう…ことに」

私にとっても、ノゾムくんがどこまでを理解して、私とコミュニケートしているのか、それはわからない。ただ、外見そして一般的な行動を見ても、ハードな障害をもっているとは見えないのだ。だから私にしても、理解しているという前提で話をしているのかもしれない。しかしそんな時でも、ふっと、会話が、コミュニケートが拒絶される時がある……、というより、彼自身の殻の中へ入ってしまうことを感じる時があった。それは、彼のその時の、その瞬間の精神的な状況がそうさせているのだろうか……、私には、やはりわからない……。

その時だった。ふと、私の口許から言葉が漏れていた。

「ノゾムくん…、今まで好きだった女の子って…、いるんですか……」

Sさんは、何かを思い出したように微笑むと言った。

「うん、いたよ。施設の時に、マナミちゃんていう子がいてね。いつも、ノゾムくん、ノゾムくんて声をかけてきて、いつも二人一緒で、とてもイイ感じでね。でも、引っ越してしまったんだ。なァ、マナミちゃん、なァ、イイ子だったよなァ」

Sさんはノゾムくんに声をかけた。

それまで、ぼんやりと車窓から外をながめていたノゾムくんが、こちらを振り返り、顔全体を赤くして恥ずかしそうに笑った。

ノゾムくんは現在、Sさんの経営する工場で働いている。一時期は、他の従業員と一緒に、ひとつの分業工程で働いていた時もあったのだが、突然の拒食、引きこもり、昼夜の逆転などで、仕事の継続がむずかしくなると、他の従業員とのコミュニケートがとれなくなってしまった。だから今は、土曜と日曜の休日に出勤して、工場の下働き的な作業に従事していた。

列車が下田駅に到着した。先程までどんより曇っていた空が、再び青空に戻り、海辺の町には初夏の鋭い陽差しが降り注いでいた。

私たちは、駅前でレンタカーを借りると、海岸道路をドライブしたり、小さな港の岸壁から魚釣りを楽しんだ。そして夕方近く、予約をしてあった宿へ入った。

宿へ入ると、私たちは早速、露天風呂へ行った。露天風呂は宿の屋上にあったが、二人も入ればいっぱいになる檜木《ひのき》の湯船が、周囲を低い葦簀《よしず》で囲ってあるだけだ。露天風呂からは、先程まで釣りをしていた港の岸壁や、夕暮れの中を航行する小さな漁船が見えるのだが、二人しか入れない風呂では、ゆったりと三人で湯船につかりながら景色を見ていることもできない。一人ずつ順番に洗い場に出て、身体を洗うことになる。Sさんが一番初めに洗い、私が二番目だった。三番目にノゾムくんが、小さな檜木風呂から上がって洗い場に向かった時、彼と初めて出会った赤ん坊の時の情景が、私の脳裏に浮かび上がった。

私は、何気なく彼の身体を見詰めた。未だ身体は細かったが、充分に青年の肉体をもっていた。ふっと、ペニスが眼に入った。きれいなピンク色のペニスだった。私の何気ない視線を感じたのだろうか、それとも、風呂の湯でのぼせたのだろうか。上気した顔で曖昧な笑みを見せて、ノゾムくんは洗い場で身体を洗い始めた。

「ずいぶん大きくなったね。正直、赤ちゃんの時はどうなることかと思った……」

「ああ、そう、まだ細いけどね。でも、結構、力も強いんだ。ああ、見えても」

Sさんは、ノゾムくんの背中を見詰めながら言った。

その時、ノゾムくんの背中が微笑んだように、私には思えた。

部屋に戻ると、海の幸いっぱいの食事が用意してあった。私たちは、「じゃァ」などと言いながら、ビールで乾杯する。ノゾムくんは、酒といえばビールしか飲まない。そして、ゆっくりと味わいながら飲む。酒の肴は何でも食べるが、ひとつの肴を食べ終えてから、別の肴を食べ始める。決して、アチコチと手をつけないで綺麗に食べる。飲むほどに酔うほどに、彼の心の壁が低くなってゆくのだろうか。彼の方から話しかけてくるようになった。

「まだ飲む、ウッイチ、まだ飲む?」

「うん、飲むけど、ビール頼まないと、もうないよ」

「ビール飲む、もう、ない?　頼むよ、ビール、頼むよ」

そう言うと、ノゾムくんは、立ち上がって部屋を出て行こうとする。

Sさんが笑いながら、小さく叫んだ。

「ノゾム、いいんだよ、電話すれば、電話で注文すればいいんだよ」

その声に、ノゾムくんは振り返るが、ニッコリ笑って私たちに問いかける。

「ビール頼む。もうないよ、ビール頼むよ」

「じゃ、俺と頼みに行く？」

私は、ノゾムくんの後ろから、フロントへ向かって歩いてゆく。

ノゾムくんはフロントに着くと、一瞬、考えるような仕草をしたが、ハッキリとした口調で言った。

「ビール、もうないよ。頼む」

フロントの若い女性が、笑顔で応対する。

「あっ、何号室でございますか？　何本お持ちすればよろしいですか」

瞬間、ノゾムくんは、酒で赤くなった顔に曖昧な笑みを浮かべた。それから言葉を探すようにして、私の方を振り返ったが、すぐに言葉を継いだ。

「ビール、ないよ。ビール、ないよ。頼むよ」

私の口から、咄嗟に言葉が出た。

「あっ、五号室で、三本ぐらい持って来て下さい」

フロントの女性は、私の言葉にすぐに反応して笑顔で言った。

「ハイッ、かしこまりました。すぐにお持ち致します」

すると、私のそばで曖昧に微笑んでいたノゾムくんが、断乎として言った。

「ダメよー、三本、ダメ。五本、ウッイチ五本」

そう言いながらノゾムくんは、手の平を広げて、五本の指を小刻みに振った。

「飲めないよ、そんな。三本でイイよ。それ飲んだら、また頼めばいいんだから」

私の言葉に、ノゾムくんはちょっと不満そうな表情をしたが、すぐに笑顔で張りのある声で叫んだ。

「またね、またね、また頼めばイイ。ウッイチ、またね」

私とノゾムくんは部屋へ戻り、また飲み直した。

Sさんは、そんな私たちを笑ってながめながら、ふと、何かを思い起こしたように静かに話し始めた。

「いや、ノゾムと二人で山へ登ったんだ。うん、三年位前かなァ…。まァ、山っていったって、そう高い山じゃないんだけど…。ちょっとしたハイキングコースっていう。ところが道に迷っちゃってね。山の中、あっち行ったり、こっち行ったり。まァ、それが悪かったんだけど…、どんどん道がわからなくなって…。もう、それは焦ってね。軽い気持ちだったから、山の装備なんかしてないわけで…。遭難？　覚悟までしたんだよ。それでも、そんな深い山じゃないとわかっていたから、何しろ、歩けばどこかへ出るんじゃないかと思って、歩いて歩いてね…。そしたら突然、山の送電線を工事している人に出会って…。それで助かった。もう、あれはあぶなかった……。ノゾム疲れ果てていたけど…、最後まで黙ってついて来て……」

Sさんは、自らの軽率な行動で、ノゾムくんを危険な状況に巻き込んだことを、深く恥じるように話した。

「あぶなかった、あぶなかった。お父さんあぶなかった。お父さんダメよォ、ダメよォ、お父さん」

ノゾムくんはそう言うと、ちょっと怖い顔をした。

Sさんは、ノゾムくんの言葉に頷きながら、優しい表情をした。

その日の情景が、二人の脳裏を過ったのだろうか、一瞬の静寂が私たちを包んだ。

唐突に、いや、酔っていたんだろう…。私は言葉を継いだ。

「ノゾムくん、今、好きな人いる……?」

怖い顔をしていたノゾムくんの顔が、瞬く間に崩れ、笑顔を取り戻すと嬉しそうに言った。

「いるよ、いる。好きな人いる」

瞬間、Sさんが戸惑ったような表情をしたのが、私にはわかった。それからSさんは、硬い表情で笑みを浮かべると、ビールを一気に飲み干した。

再び、静寂が私たちを包んだ。しかし、私は黙っていた。それは、何か、私の窺い知れないところで続いている、Sさんとノゾムくんとの葛藤の日々が、ふと垣間見えたような気がしたからだった。


あれは、伊豆の旅行からまもなくして、夜の八時頃にSさんから電話があった。

Sさんは、今まで溜めていた感情を、一気に吐き出すかのように話し始めた。

「実は、ノゾムがね、最近、何ていうんだろう…。夜に家を出て行ってね、そしてベロベロに酔って帰って来るんだ…。どこへ行ったのか? 聞いても、はっきり言わないし…。それで私も心配になって、ノゾムが出掛けた後をつけていったんだ。そしたら、電車に乗ってね、そう、T市で降りてね。あそこは、この辺では一番大きな街だから、繁華街もたくさんあって…。どこかの居酒屋にでも入るのかと思ったら…、なんていうのかなァ…、キャバレーっていうのかなァ…、いや、ちょっと違うなァ……」

私は、Sさんの話に、すぐに反応して言った。

「ピンクサロンとか、ピンクキャバレーっていうのかなァ…、たぶん……」

「ああ、そういう所だと思う。小さな店だった。そこへ入ってね。店の前にいる呼び込みの人とも、なんか顔なじみっていう感じで……。それでェ…、どの位、その店にいたのかなァ…、一時間位？ うーん、それで出て来た時は、もうベロベロに酔っててェ……」

Sさんは、困惑した気持ちを隠さずに話し続けた。

「そんなことが、何度も続いて…。そのうちに、ほら、付け馬？ それが来てね、家まで。その店のボーイかなんかが、お金が不足しているっていうんで、家までノゾムと一緒に来て…。うん、そういうことが、何回かあって…。金額？ 初めは大した額じゃなかったけど…、そのうちにね……。それで、私も頭にきてね、そのボーイかなんか、ノゾムに付いてきた男に言ったんだ。この子が、どういう子なのかわかってて、そうやって飲ましてるのかって……。そうしたら、いや、そうじゃなくてっとか、なんとかしどろもどろになって言い分けしてね。だから、今度から、この子が来たら、店に入れないようにしてくれって言ったんだ」

「それで…、今は行ってないんですか…？」

「いや、今でも時々出掛けてるみたいなんだ。私も仕事があるんで、ノゾムが出掛ける前に帰れない時があるんで……」

Sさんは、苦渋に満ちた声を漏らした。

「帰って来ると、やっぱり酔っ払って…？」

「うん、酔って、だけど、なんか…苛立っていうか…。うん、そのなんか、日常的に、いつも不満を溜めているっていうか、攻撃的になって…、突然、テーブルのガラスを割ったりして……。そんなで…、最近、家内がノゾムのことを怖がっているんだ……」

私は、Sさんの話を聞き続けた。

「あの日から、付け馬は来ないから、もう、あの店には行ってないと思うけど……。お金？　うん、小遣いと、少し働いているから、その金で…。うーん、実は、一度、家の金を持ち出したこともあるんだ。うん、厳しく怒った…。それで、最近は、自転車でT市まで行ってるらしくって…。私が工場から帰ったら、その日も自転車で…、行ったって家内が言うので、私もT市の繁華街へ急いで行ったんだ。そしたらね、自転車引いてフラフラ歩いているノゾムがいて、私が見てるのも気付かずに……。あっ、あの店？　あの店では断られていた。呼び込みの男が、ニヤニヤ笑いながら断っていた。でも、どこで飲んだのか、ひどく酔っ払っていて…。それでもう、私も出て行ってね、ノゾムに、もう、帰ろうって言ったんだけど…。頑としてね、言うことを聞かないし、激しく抵抗するんだ。それで、私も、感情的になって…、力尽くで…、やったら…、道路に引ッ繰り返ってしまって…。それからノゾム…、路端に座り込んでしまって…、ずーっと、繁華街を行き交う人を見詰めているんだ。ぼんやりと、若い男や女、たくさん歩いているのを…、路端に座り込んだまま、いつまでも見詰めているんだ……」

不意に、私の心を悲しみの感情が通り過ぎた。そして、ノゾムくんが路傍に座っている情景が、私の脳裏に映し出された。そこには、街を行き交う若者たちの群れから、一人隔てられ、疎外されている彼がいた。

彼は、何を求めているのだろうか…。私は、漠とした意識を巡らせていた。女という異性の温《ぬく》もりを求めているのだろうか？ いや、そうではない。女を愛し、愛されたいという彼の気持ちを、どう表現し、誰が受け止めてくれるのか……。彼の行き場のない気持ちは、繁華街の路上で彷徨っている……？

しかし、私には、それをどうすることもできないのは、わかっているはずだった。ただ、愚かにも、彼とのかかわりの中で、何かができるなどと、高慢にも思い込んでいたのだった。

そして、私は、ふと言葉を漏らしていた。

「もし、よかったら…、土曜と日曜に、ノゾムくんと一緒に、働かせてもらえませんか……」


二〇〇四年、一月、金曜日の午後、私は、埼玉県にあるSさんが経営する工場へ向かった。明日の朝、八時から、私はノゾムくんとともに、工場の下働きの仕事をする。

工場へ到着すると、先に着いていたノゾムくんが、私たちが寝泊まりする広い板の間の部屋に、一人でいた。ノゾムくんは、金曜と土曜の夜に、Sさんとここに泊まり、日曜の夜に家に帰るというスケジュールを続けていた。私が部屋へ入ると、ノゾムくんは机の前で、椅子に座って何かをしているようだった。

私は、彼の背中に声をかけた。

「よォ、元気？」

ノゾムくんは、ゆっくりと振り返ると、こめかみを赤くして曖昧な笑みをくれた。

「何やってんの……？」

私は、そう問いかけながら、彼の肩越しに机の上を覗いた。

机の上には、請求書の冊子が幾つも重ねられていた。ノゾムくんは、その請求書の一枚一枚に、Sさんの会社の住所、電話番号、会社名が刻まれたゴム印を、押す作業をしていたのだ。

ノゾムくんは、私の視線に気付くと、集中力を欠いたのか、それまできちんと押していたゴム印が、突然乱れ、文字が擦れたり欠けたりしてしまった。

私は、すぐにその場を離れ、そ知らぬ顔でSさんが仕事が終わるのを、簡易なソファに座って待っていた。しかし、Sさんは仕事が忙しいのか、八時近くになっても部屋に現れなかった。ノゾムくんは、請求書にゴム印を押し続けている。私は、空腹を感じていた。それは、ノゾムくんも同じだった。時折、何かを訴えるように私の方を垣間見ると、小さな溜息をついた。

私は、ソファから立ち上がると、ノゾムくんに声をかけた。

「御飯、食べる？」

ノゾムくんは、少し戸惑ったような表情をしたが、すぐに微笑み頷いた。

「お腹、すいちゃったよね」

私はきっぱりと言った。

「お腹、すいた……」

ノゾムくんは、顰《しか》めっ面をしてから、手で腹を押さえる仕草をした。

「じゃァ、食べちゃおう」

私は、家から持参した妻の手作りの料理を、バッグから取り出すと、テーブルの上に並べた。パック詰めされた食べ物の蓋を開けると、いい匂いが部屋中に漂い、私たちの食欲を一層刺激した。

私とノゾムくんがテーブルを囲んで座り、食事を始めようとした、その時だった。ノゾムくんが、おもむろに腰を上げると冷蔵庫に向かった。そして、冷蔵庫を開けると、五〇〇CCの発泡酒の缶を手に持ったまま、私を見て言った。

「飲む? 飲む?」

私はたぶん、あやふやな表情をしたと思う。しかし、それから笑って頷いた。

私の表情を見届けると、ノゾムくんもまた、嬉しそうに笑顔を浮かべ、発泡酒を二缶テーブルの上に置いた。

「じゃァ、貰うね……」

私はそう言ってから、発泡酒を開け、一口飲んだ。

ノゾムくんは、私の動きを確認すると、安堵の表情を見せ、それからゆっくりと味わいながら発泡酒を飲んだ。

私たちは時折、少しの戸惑いと躊躇《ためら》いの視線を交錯させながら、ただ食べ、そして飲んだ。ふと、ノゾムくんがテレビのリモコンを取り上げると、テレビに向かってスウィッチを押した。閑散とした部屋に、テレビの空騒ぎの音声が響いた。

「元祖でぶや…、まいうーっ」

テレビでは、大喰いを売りにした愛嬌のあるデブのタレントたちが、ゲームに遊び、豪勢に食べていた。

ノゾムくんは、その画面を笑みを浮かべながら見詰め、時折私に、同意を求めるような視線をくれた。

「まいうーっ……」

テレビからは、相変わらずデブのタレントたちが、愛嬌をふりまきながら食べ続けていた。ノゾムくんと私は、時折笑いを交換しながら、ぼんやりとテレビを見続けた。

九時を過ぎた頃だった……。Sさんが、疲れた艶のない顔色で部屋に入って来た。私を見ると、ぎこちない笑みを見せてポツリと言った。

「忙しくってね……」

そう言うと、再びSさんは部屋を出て行った。

新しい環境に、あるいは明日からの日常に思いを巡らし、私は疲れていたのだろうか、わずかな酒が私を酔わせ眠気を誘った。

私は、ぼんやりとテレビを見詰めるノゾムくんに声をかけた。

「明日、早いから、そろそろ寝る支度をしようか……」

彼もまた、私とのコミュニケートに疲れていたのかもしれない。小さく頷いて同意した。

今、暗闇の中で、わずかな寝息をたててノゾムくんが眠っている。私の枕許では、目覚し時計が、明日の朝六時三十分の起床を告げるべく秒針を刻んでいた……。

翌朝、陽の光は、目覚し時計が鳴る前に、私を目覚めさせた。大きな曇り硝子の窓を透視した太陽が、部屋いっぱいに白く広がっていた。時計を見ると六時だった。ノゾムくんは、まだ寝息をたてて眠っている。私は、そっと起きると、室内にあるトイレに行った。放尿しながら、ふと、緊張している自分に気付いた。その緊張感は、どこから来るものなのだろうか…。新しい環境、仕事に対するということで、身構えてもいた。しかし、それ以上に、今、自分自身が勝手においた立場に、不安を持っていたのかもしれない。確かに、これまでのノゾムくんとの係わりは、言ってみれば、行きずりの関係でしかなかった。しかし、わずか土曜と日曜の二日間ではあるが、こうして生活が始まってみると、私は一体、彼の何を知ろうとし、何を理解したいと思っているのか…。その稀薄さが、重く伸し掛かっていることに、気付き始めたからなのかもしれない。

トイレから戻ると、フトンに包《くる》まったノゾムくんが、チラリと眠そうな眼で私を見た。それから、私と入れ替わりにトイレに立った。私は、そのまま身仕度を整え、フトンを片付け始めた。ノゾムくんのフトンの脇には、丁寧にたたまれた服が置かれていた。ノゾムくんは、トイレを出ると、ふっと部屋を出て行った。私は、時間を急《せ》かされるようにして、朝食の支度をし、彼を待った。しかし、いつまでたってもノゾム君は部屋に戻って来ない。その時だった。別の部屋で寝ていたSさんが、部屋へ入って来た。そして、あれ？　という怪訝そうな表情をすると、足早に部屋を出て行った。

突然、社内スピーカーからSさんの声が聞こえた。

「ノゾムくん、ノゾムくん、部屋へ戻って来て下さい。ノゾムくん、ノゾムくん、部屋へ戻って来て下さい」

それからしばらくして、ノゾムくんが不安気な表情を隠さずに、部屋へ入って来た。しかし、私をチラッと見ただけで、すぐに眼を逸《そ》らしてしまう。

「もう、朝食できたから……」

そう、私が言うと、

「うん……」

と、ひとこと言ったまま、黙ってしまった。

Sさんが部屋へ戻って来た。ノゾムくんの姿を確認すると、硬い表情で笑いながら言った。

「朝が、ちょっとダメみたいなんだよね」

そう言ってから、ノゾムくんに着替えを促した。

そして、私たちは、慌《あわただ》しくトーストとヨーグルトの朝食を食べると、工場へ向かうのだった。

工場での、下働きの内容は様々だった。基本的には、月曜から金曜の工場の作業工程がスムーズに運ぶように、そのための仕事が主だった。言ってみれば、何でもやる便利屋のようなものだ。産業廃棄物の処理から可燃物の焼却、製品材料の整理整頓、工場内の清掃、アスファルトの補修から雨漏りの修理、草刈機を使用しての雑草刈り、そして、作業能率を高めるための製品を置く、パレットや棚造りなど、有りと有らゆる仕事をこなさなければならなかった。当然のこととして、私にとって、これらの仕事は、初めからうまくできるものではなかった。Sさんに簡単な説明を受け、ひとつひとつ考えながらこなしてゆくしかなかった。ひとつの仕事が終われば、Sさんに確認をとり、また別の仕事に移る。その繰り返しだった。一日中、同じ仕事をするということは、ほとんどなかった。そして、これらの仕事の多くを、ノゾムくんと組んで行った。

仕事の内容は、単純肉体労働のものと、電動ドリル、電動ドライバー、チェンソー、ガンなどの機具を使用する作業があった。単純労働では、五メートル程のアルミ製のアングル（サッシ状のもの）を棚に収納したり、駐車場のアスファルト路面の補修などがあったが、単純な仕事でも、それはそれで注意を払わねばならないのは当然のことで、ノゾムくんとの共同作業には、かなり神経を使った。たとえば、いかに収納すれば多く収納できるか、そして、その後の出し入れに効率的かを考えながら、棚に納めてゆく作業をする。そこのところを、ノゾムくんに理解してもらうのはかなりむずかしいことだった。時間を見計らいながら、何度も同じことを繰り返し言わねばならない時もあった。ノゾムくんは、機具を使う作業は、結構、器用にこなした。私が段取りをつけておけば、ほぼやり終えることができた。しかし、私が何よりも一番感心したのは、その持続力だった。たとえば、チェンソーや電動ノコギリで、産業廃棄物を一定の長さに切断する時など、ひたむきという言葉がすべてを表していた。

午後五時、終業のチャイムがなった。一日のハードな作業が終わり、私たちは簡易なユニットバスでシャワーを浴びる。防塵マスクを装着していても、鼻の穴から喉の奥、そして、軍手をはめた爪の先まで、埃や煤で真っ黒になっていた。皮膚からは脂気が抜け、身体は乾涸《ひから》びて一回り小さくなった様に感じた。心地好い疲労感ではなく、硬質の疲れが、私の身体の奥底に溜ってゆくのがわかった。たぶんそれは、ノゾムくんも同じだったのではないだろうか。

毎週、金曜の夜から日曜の夕方まで、私とノゾムくんとの共同生活は、日々、淡々と繰り返されていた。しかし、作業のハードさに決して慣れることはなかった。その中で唯一、私とノゾムくんを解放させてくれたのは、酒だったのかもしれない……。

土曜の夜、私とノゾムくんは、疲労した身体を座椅子に投げ出すようにして、小さなテーブルを囲む。テーブルの上には、毎週、妻が作ってくれた幾つかの料理が並んでいる。私たちは、それらを発泡酒で喉を潤しながら食べてゆく。テレビはいつも、BGM《ビージーエム》だ。疲労していると、テレビを見ようという気にもならない。実際のところ、ロクな番組がないのだが…、といって、音が全くないのも寂しい。だから、ただ画面が動き、音声がわずかに聞こえているだけの空っぽのテレビがそこにある。

発泡酒は、五〇〇CC缶、二本と決められていた。その時、彼は、際限のない飲み方をしていたノゾムくんを、私は強く叱ったことがあった。その時、彼は、オロオロとし部屋を出て行こうとした。振り返る眼が戸惑いと悲しみの眼になっているのがわかった。それでも、私は、言わなければならなかった。そして、彼は理解したようだった。

疲れた身体に、酒は染み渡った。身も心も弛緩し、ひととき、酒によって疲労から解き放たれた錯覚に陥る。ノゾムくんも、同じ心持ちだったのだろうか…。私たちの間にある、どうしようもない緊張の糸が緩み、ノゾムくんの閉ざされた扉が、少しずつ開いてゆくようだった。

あれは確か、夏の夜だった。その日は、Sさんも仕事が早く終わり、三人で食事をとっていた時だった。

Sさんが、ふと、言葉を漏らした。

「ノゾムも今みたいに働いてね、働けば自分のお金がたまって、なんでもできるんだよ……」

ノゾムくんは、チラッとSさんを見てから、少し戸惑ったように顔を赤らめた。それから鸚鵡返しするように言った。

「なんでもできる……？」

「ああ、なんでも……」

Sさんは、何気なく応えた。

「エッ、なんでも！」

ノゾムくんは、Sさんの言葉を引き取るように、語気を強めて繰り返した。

その時だった。Sさんの脳裏に何かが過ったのだろうか？　わずかに苦笑すると諭すように言った。

「でもね、前のように、家にお金を取りに来るような所はダメだよ……」

「ダメ？　ダメ？　ダメかァ……」

ノゾムくんは、気落ちしたように呟いた。

不意に、私の心が騒《ざわ》つき始め、私は、押さえられない衝動の中で言葉を発していた。

「ノゾムくん…、その店…、何がよかったの……」

瞬間、ノゾムくんの顔一杯に笑みが広がり、嬉々とした表情で言った。

「よかったょ、イイ女《ひと》ね、イイ女、よかったょ」

「ああ…、イイ女なの、その女……」

私は、そう呟きながらも、わからないままに、その女《ひと》に思いを巡らせていた。

――いい女なのか…、いい女なのだ…、その女は――

「うん、イイ女、ケイコ、イイ女よ。イイよォ、よかったァ、ケイコ」

私とノゾムくんとの会話に、何か不安を感じたのだろう。Sさんがたしなめるように言った。

「でも、あんなに酔っ払って、お金もたくさん使って、ダメでしょ。ああいう所は、ダメでしょ」

「ダメ？　やっぱりダメ？　ダメかァ……」

ノゾムくんは、溜息をつくようにして言った。

ふとその時、私の中に、その女《ひと》に会ってみたいという感情が芽生えた。私は、Sさんに何気ない表情で訊ねた。

「それは…、付け馬が来たっていう、あのT市の店のことでしょ……」

Sさんは小さく頷くと、ボソリと言った。

「うん、西口にあるBっていう……」

Sさんは、それだけ言うと黙り込んだ。

ノゾムくんは、何かを感じたように、瞳を宙に泳がせた。

いつの間にか話は終息し、テレビの音声だけが、相変わらずの空騒ぎを露出させていた。

今、私の心の中に、ケイコという女《ひと》が停止した。ノゾムくんが、イイ女だと言う、その女は、どんな女なのだろうか……。


あの夏の夜から、しばらくたった月曜日、私は、T市の駅に降り立っていた。まだ陽が暮れるには間があった。私は、改札口を抜けると西口辺りを、「B」という店を探しながらブラブラと歩き始めた。西口一帯は、広い通りを挟んで左右に分かれている。左側には、比較的高いビルのビジネス街が整然と並び、右側の表通りには、開発が遅れたのか、中小のビルの間に飲食店や商店などが雑然と建っている。そして、横道を一歩裏通りに入ると、居酒屋、スナック、あるいは風俗店が、小さな一角に軒を連ねていた。居酒屋には、すでに暖簾が掛けられ、赤提灯に明かりが灯っていたが、スナックや風俗サロンは、開店準備中という雰囲気だった。私は、路上にしゃがみ込んで携帯電話をかけているボーイや、氷や酒を配達するバイク、出勤を急ぐホステスをながめながら、ブラブラと繁華街を歩き回った。

その時だった。一軒のピンクサロンの扉が開いているのが眼に入った。年齢は四十歳位だろうか？　店先で男が煙草を吸いながら、所在無さ気に街頭をながめている。ふと、男が立つ脇に置かれた黄色い看板を見ると、「B」という店名が眼に留まった。

〝ああ…、ここだ……〟

私は、それだけを確認すると、足早にその場を離れた。

「B」が開店するまでの間、私は近くの居酒屋へ寄った。カウンターだけの狭い居酒屋には、同伴なのだろうか？　ホステス風の若い女と、五十代半ばと思われる男がいた。若い女は、舌舐《したなめ》ずりしながら媚を売り、年甲斐もなく奇妙に若造りした男は、鼻の下を伸ばして下卑た笑いを見せていた。胡麻塩頭の店主は、無愛想な表情でテレビの画面をながめている。私は、ビールと一品のつまみを頼むと、店主同様、テレビの画面をぼんやりと見詰めた。テレビでは、報道なのかバラエティなのか判別のつかないニュースショーが、ダラダラと続いていた。

私は、この場に居た堪れない気持ちのまま、黙ってビールを飲んでいた。そして、ひとり考えようとしていた。ノゾムくんが言う、イイ女のことを……。ノゾムくんにとって、その女は、心安らぐ人なのだろうか……。その女は、閉ざされた心に寄り添い、彼を受け入れてくれたのだろうか……。私の思いは、身勝手に、膨脹してゆきそうだった……。

時間《とき》が動き、陽がとっぷりと暮れ、看板の明かりやネオンサインが街頭を映し出す頃、私は、居酒屋を出て、「B」へ向かった。「B」の黄色い看板にも明かりがつき、黄の色が煽情的な輝きを増していた。

私は、少しの緊張感をともなって、黒く重い扉をゆっくりと開けた。瞬間、私の眼の前に暗い闇が広がり、私は眼を凝らした。鈍く重いリズムの音楽が単調に響き、街頭の明かりが私の足許を照らしている。すると、左手の分厚い黒いカーテンが開き、先程、外で煙草を吸っていた四十代の男が出て来た。私は、咄嗟にドアを閉めた。暗闇に慣れた私の眼は、室内のわずかな明かりに映し出された、幾つかの黒いソファボックスの影を見る。

男は、なぜか私を訝《いぶか》し気に見ると、ぶっきらぼうに言った。

「いらっしゃいませ」

不意に、私は、男の表情に、何かわからない苛立たしさを感じ、唐突に訊ねていた。

「ケイコさん、います……」

瞬間、男の顔が戸惑いを見せ、それから、首をわずかに傾《かし》げると、ボソリと言った。

「あっ、ケイコ？　ケイコさんなら、先月でやめました」

下降する、私の思いは一気に下降する…。私は、継ぐべき言葉を失い、捨てられた犬のように尻尾を巻くしかなかった。そんなにコトは、うまく運ばないのだ。私の想像した、そんなうまい話など、どこにも転がってはいないのだ。

私の背後でドアが開いた。客が入って来たらしい。男は、私を無遠慮に一瞥すると、新たな客に向かって愛想よく声をかけた。私は、ただ、脆《もろ》くも崩れ去った思いの中で、店の扉を開け外へ出て行く以外になかった。身勝手な期待の大きさと落胆の中で、どこへも持って行きようのない気持ちだけが残存した。

私はこのまま、この街を出て行くことが出来なかった。駅前近くの居酒屋へ寄ると、私は酒を飲んだ。酒が落胆した気持ちを、少しは慰めてくれる、そう思ったのだ。しかし酒は、ただ胃の中に留まるだけで、私の心を弛緩させてはくれなかった。

私とノゾムくんとの共同作業は、一年を過ぎようとしていた。その間も、ノゾムくんは、時折体調を崩して休むことがあったが、ほぼ毎週、工場へやって来ていた。

その日、私は東京で仕事があり、ノゾムくんと、彼の家の最寄り駅で待ち合わせて工場へ行くことになっていた。午後三時、私は待ち合わせの駅に着いた。それからしばらくして、彼もまたナップザックを背負って、改札口前にやって来た。私を見ると、こめかみを少し赤らめてからニヤリと笑った。私とのコミュニケートにも、大部慣れたらしい。自動券売機の前に立つと、彼は路線図を見上げた。私は、行先までの電車賃を教えようとして躊躇った。彼は、一心不乱に路線図を見上げると、自分の行先を確認したらしく、財布から小銭を出して券売機に投入した。切符がゆっくりと出てくると、指先で摘んでから、私を見て微笑んだ。私も笑いながら軽く頷くと、ノゾムくんを促し改札口を通り抜けホームへ降りた。電車はすぐにやって来た。車内は比較的すいていたが、学校帰りの高校生が多かった。それぞれのグループに固まり、それぞれの話に興じている。時折、奇声や怒声、笑い声が上がり、小学生並み？　の行動形態でふらつき、しゃがみ、脚を投げ出した。そのたびに、ノゾムくんは、瞳を不安そうに宙に浮遊させた。

電車は、三十分も走っただろうか。行先のB駅に到着し、私たちは高校生の流れとともにホームへ吐き出された。ノゾムくんは小さな溜息をつきながらも、高校生の群れの中を改札口に向かった。改札口を抜けると、少しは解放された気持ちになったのだろうか、ノゾムくんは、ふと、立ち止まり、駅舎の前を行き交う人々に視線を向けた。私も何気なく、彼が見詰める方向へ眼を移した。駅前では、未だ、高校生たちがたむろしてジャレあっていた。しかし、ノゾムくんの視線は、そういった高校生たちの群れではなく、駅前の片隅に立つ、ひとりの女子高校生に向けられているようだった。女子高校生は、迎えの車でも待っているのだろうか、時折、腕時計を見ては駅へと続く道路へ視線を向けた。ノゾムくんはその場に佇み、女子高校生をあからさまに凝視し続けた。その時だった。ふと、女子高校生が、何かを感じたかのような表情で、私たちの方を見た。突然、私の心に小さな不安が過った。

私は、静かにゆっくりと、ノゾムくんに話しかけた。

「ノゾムくん、ノゾムくんも、じっと見られるのはイヤでしょ。あの子も、きっとイヤだと思うよ……」

私の言葉を理解したのか、ノゾムくんは顔を赤らめ、女子高校生から視線をはずした。

その日の夜、食事を終えたわずかなひととき、私は、Sさんに今日あった出来事を其《そ》れと無《な》く話した。

Sさんの表情に、ふと、影が差し、小さな吐息をつくと、おもむろに話し始めた。

「うん、それで…、一度、そう…、一度、女子高生に付いていってしまったことがあるんだ。うん、女子高生を追いかけて…。その子、怖くなってね。自分の高校まで逃げて…。そこの教師が警察呼んで、パトカーが来て、うん、警察に連れていかれて……。ノゾムが、何かするっていうことはないし、誰にでも付いていくことはないんだけど……」

私はノゾムくんを見詰めた。ノゾムくんは、その日のことを思い出したのか、顔中を赤くして、手の平で眼の縁を強くこすった。

「刑事に怒鳴られたらしい…。そうだよね、もう、ああいうことはしないよね」

Sさんは、少し力を込めて言った。

「しない……」

ノゾムくんは溜息とともに囁いた。

「刑事に怒鳴られてね、怖かったらしい…、とても……」

そう言うと、Sさんはノゾムくんの顔を見詰めた。

ノゾムくんは、Sさんに何かを問いかけ、求めるように呟いた。

「怖かった……、もう、しない……」

私は、もう一度、ノゾムくんを見詰めた。ノゾムくんとの共同作業のこの一年間、私は、彼の性への思いが、どのようなものなのか、当然のこととして判断することはできないでいた。ただ私は、彼の事実の断片を知るだけで、彼とどの様に語り、何を理解できるのかわからないままだった。ただ、唯一、私がわかることといえば、今日駅前で見詰めていた女子高校生を、ノゾムくんが好きなんだ、という、ぼんやりとした思いだけだった。しかしまた、「女の子たちが、自分に関心を持ってくれない」という現実も、彼は理解しているのではないだろうか。自らの気持ちを、どう表現したらいいのか。そして、自分を振り返ってくれない、関心を持ってくれない女の子たち……、その行き違いの中で身動きがとれない感情……、そのことが、時に稚拙な、あるいはストレートな行動となって現れてしまう……?

しかし、彼は、女《ひと》を愛し、愛されることを欲していた……。

ノゾムくんが工場へ姿を見せなくなったのは、二〇〇五年の春先だっただろうか。

Sさんは、苦渋の表情を見せて言った。

「うん、このところ、また引きこもっていて、食事もできなくなって…、うん、食べると吐くんだ……」

それからの二カ月、時折、痩せ細った身体で、工場へやって来ることもあったが、その体力では、仕事ができないのはわかっていた。食も細く、無理をすれば再び体調を崩す。今回も病院で精密検査を受けたが、内臓に疾患は、どこにも見当たらなかったという。

そんな繰り返しの中で、時間《とき》が過ぎていった。私は、ノゾムくんのいない工場で、金曜の夜から日曜の夕方まで、一人で生活することが多くなっていた。
そして、私は自問する。
彼は、何を求めているのだろうかと……。
ただながめているだけの私に、何がわかるというのだろうか……。
ノゾムくんと働き始めてから、一年と六カ月が過ぎようとしていた。

四章　逆仕送り行

あの男に出会ったのがいつだったのか、私の記憶を何度手繰りよせても思い出せない。たぶん……、バブル経済が崩壊する前後だと、私は私自身に問いかける。

あの男の姿、そう、私の行き付けだった酒場での姿といえば、斜に構えた態度で、コの字型のカウンターに居並ぶ客たちを見ているといった、そんな印象だった。いつも、きちんとしたスーツを着こなし、髪はきれいに刈り上げられた短髪、分厚い単行本をカウンターの隅に置き、他者と交わることもなく、チューハイと白身の焼魚をつまみに飲んでいた。どこかで噂のように、湯島界隈でタイ人の奥さんに、スナックをやらせているということを聞いた。しかし、その姿は、印象のないぼんやりとしたものだった。

私があの男のことを、強い印象をもって捉えたのは、あの日の出来事だった。酒場はいつものように満席に近かった。男は酒場にやって来ると、オヤジさんに、ひとり連れが来ることをそれとなく告げ、私の隣の席に座った。私は、いつもひとりでやって来る男がそう言った時、ふと、何かわからない小さな心の揺れを感じたのを、今でも覚えている。

やがて、酒場の引き戸が開き、男の連れが入って来た。瞬間、今まで自分たちの会話の中にいた客たちが、いっせいにそれぞれの言葉を仕舞い込み、その人を凝視した。

ブロンドの長い髪、透き通った肌に目鼻立ちのハッキリした顔、いっけん華奢に感じる身体つきだが、あるべきところには程よく肉がついている。おそらく、街を歩けば誰でもが振り返る。そんな女が、上野広小路裏通りの小さな酒場に入って来たのだから、誰もが息を呑む。

酒場のオヤジさんは、そんな客たちの表情を流し目に見ると、ニヤリと笑ってから「いらっしゃい」と快活に言った。

その声で我に返ったように、酒場はいつもの喧噪を取り戻した。

ブロンドの女は、大きな紙袋をカウンターの下に置くと、男に一言、二言囁いた。男は、皮肉っぽい笑みを浮かべると、オヤジさんにチューハイを注文した。それでも男は、少しハイになっていたのだろうか。いつもの寡黙さが消え、女に英語と日本語をミックスした言葉をさかんに投げかける。女もまた、その問いかけに高揚したように言葉を返す。そんな時間《とき》がしばらく続いていった。

しかし、それは突然だった。女はふと気付いたように席を立つと、男に何かを語りかけながら、そそくさと大きな紙袋を提げて店を出て行ってしまった。店内の客たちは呆気にとられ、私もまた不可解な気持ちの中で男を見詰めた。

男は、私の視線を感じたのだろうか。わずかに口許を歪めて自嘲的に笑うと、囁くように言った。

「店ですよ。すぐそこの店にいるんですよ」

私は、男の言葉に曖昧に頷いてみせながら、視線を棚の上にあるテレビに移した。

「いや、彼女ね、今夜、東京ドームのエルトン・ジョンのコンサートに行ってきたんですよ。前から行きたいって言っててね。それで……、私が……。私は別に毛唐の歌聞いたっておもしろくないんで……。エルトン・ジョンて、知ってます？」

「あっ、まァ……」

私は再び曖昧に頷いた。

そう言えば確か、ブロンドの女が持っていた大きな紙袋には、そんな英語が印刷されていたようだった。

「あっ、おたくと、時々会いますよね」

男は、身体を私の方に半身にしながら言った。

「あっ、そうですね。時々……」

私は、男の言葉から逃れようとしていたのだろうか。

突然、テレビを見ていたオヤジさんが、私たちの方を振り返ると、笑いながら言った。

「タカべさん、モノカキ、Ｏさんもイイことばかりしてると書かれちゃうよ」

オヤジさんの言葉に、男は意味ありげにニヤリと笑うと、カウンターの上に置いてある中丸薫の単行本を手に取った。

それから男は、世界の経済、政治、あるいは社会が、どのような仕組みや構造で動いているのか、また、様々な陰謀説を滔々としゃべった。たとえば、元首相の中曽根康弘は、世界経済を支配するユダヤ資本のひとつ、ロスチャイルド家の日本における代理人であり、そしてその後も、代理人の系譜は日本の政治家たちによって、脈々と引き継がれていると。また、最早国家が世界経済を動かしているのではなく、経済を支配する一握りの人々が政治を動かし、社会を人間を支配するのだと確証深く語った。

それらは、私にとって目新しい問題ではなかった。一九八五年のＧ５によるプラザ合意後の円高、そしてバブル、バブル崩壊の現実を見る時、男の言っていることが、すべて笑止すべきことばかりとは言えなかった。

しかし、今、言葉を連射し続ける、この男こそが、カウンターを囲む日本人たちには、常に違和感以外の何ものをも、もたらさない人物であるということが理解できた。たぶん男は、普通の日本人にとって、得体の知れない係わりを持ちたくない変な日本人だったのだろう。

男は、一通りの言いたいことを語り終えると、「さあっ」と言うように、手揉みをして席を立った。それから別れ際に「今日は楽しいなァ」と、大きな声をあげて店を出て行った。

酒場のオヤジさんは、男が店を出て行くと、カウンターのコップを片付けながら、何気なく言った。

「今日はずいぶんしゃべってたなァ。あんなことうちへ来て初めてだね。いつもは、俺としゃべるぐらいだものね。タカベさんも変わってるけど、Ｏさんは、また違う変わり者だね」

私は苦笑するしかなかった。

あの日の出来事から、私は男、あえて言えばミスターＯに酒場で何度も会った。そして、私の隣の席があいていると、Ｏは必ずやって来てはしゃべりまくった。それは日本の政治状況の分析であったり、政権党に深く入り込んだ意味ありげな話であったり、また、秘密結社や中国脅威論でもあった。

そして、しゃべり疲れると、いつも「さあっ」と言うように手揉みをして店を出て行った。そしていつしか、私のことを親し気に「雨市《ウイッ》ちゃん」と、呼ぶようになった。

ミスターOと会話するようになって、どのぐらいの年月がたった時だろうか……。確かあれは春だった。いつものように、一方的にしゃべりまくったOは、残ったチューハイを一気に流し込むと、「さあっ」と言うように例の手揉みをして席を立った。しかしその夜は、その場に立つと、ふと、私に囁いた。

「ウイッちゃん、ちょっと他の店へ行きません……？」

私は、一瞬、躊躇《ためら》うようにOの顔を見た。

Oは、小さく頷くと、わずかな笑みを含んだ眼差しを私に向けた。その時、私の心の何かがコトリと揺れるのを感じた。私は勘定をすませると、Oと酒場を出た。

Oは、相変わらず単行本を手に下げ、少し胸を反らすようにして、心地好い春の風をうけながら上野の裏通りを歩いて行く。

私は連れ立って歩きながらも、わずかな不安が心を過《よぎ》り声をかけた。

「どこの店へ行くんですか……？」

「あっ、そう、ウイッちゃんを連れて行きたい店があるんだ」

Oは、ニヤリと笑って言った。

不意に、私の脳裏に、どこかで噂のように聞いた、タイの奥さんの姿が浮かんだ。しかし、その心象は当然のこととして、ただ、ぼんやりとしているだけだった。

春日通りを渡り、スナックやパブの様々な照明のついたテナントビルが並ぶ、湯島の裏通りを歩いて行くと、氷屋の兄《あん》ちゃんが、未だ忙し気に配達している。

突然、Oが戯《おど》けた調子で声をかけた。

「おっ、今日も元気に儲けてますね！」

ガッシリとした体躯の氷屋の兄ちゃんは、一瞬、「ああ……」というようにOを見詰めると、顔を赤らめながらはにかんだ。

「あらァー、Oさん！」

突然、背後で女の声がする。振り返ると、テナントビルの前に立つ、薄いグレーのスーツを着たホステスが声をかけたのだ。

「いやァー、まいった、まいったなァ」

と、言いながら、Oは小さく手を上げた。

バイクでウィスキーを配達中の酒屋のオヤジさんとも顔なじみらしく、お互いに「おッ」と見詰めてから、やはりニヤリと笑った。

Oの内心からハイな気分が湧き上がり、路上にこぼれていった。

幾つかの四つ角を通り過ぎて、重厚な木製のドアの前でOは立ち止まると、勝手知るといった態度でドアを開けた。店の名は「P」、瞬間、ピアノの音が私の耳にふれた。と、同時に女のハスキーな声がクロスした。

「まァ、Oちゃん、あらあら今日はどうしたの！」

黒眼がちのハッキリした眼、小作りの顔、ちょっとエキゾチックな顔立ち、そして唇が赤いルージュに濡れていた。タイトな黒いスカートを着こなした四十過ぎの女が立っていた。

ふとなぜか、私の心に戦後流行った『星の流れに』のメロディが流れた。

Oは、女と親し気に言葉を交わしている。だから私は、Oの横で、ただ曖昧な表情のまま立っているしかなかった。

客でほぼいっぱいのカウンターの中では、ボーイッシュな女の子が、白いワイシャツに黒いベストをつけて水割りを作っている。見える範囲でボックス席が三席、奥のピアノの音色が聞こえてくる仕切られた部屋からも、客の声がしてくる。ピンクのルージュ、小麦色の肌、サイケデリックな緑色の模様の入った、ミニのワンピースを着たグラマラスな二十歳位の女の子が、ニコニコしながらこちらを見ている。色白で清楚な感じの落ち着いたスーツを着た、少し年上らしい若い娘も、こちらを見て微笑んでいる。

突然、今までOと話していた女が、私の方に向き直ると、にこやかに言った。

「まァまァ、ホントによく来て下さいました。驚いたんですよ。ホントに。Oちゃんが日本人の方を連れてきたのは、初めて、初めてなんですよ。今夜はゆっくりしていって下さいね」

私は、少し戸惑いながらOを見た。

Oは照れたような表情をしながら、女に私を紹介した。

「彼はタカベさん、モノカキのタカベウイチさん、ウイッちゃんね。ママ……」

ママは黒眼がちのハッキリした眼を、いっそう見開いてから眼をパチクリさせ楽しそうに言った。

「まァまァ、ウイッちゃん、よろしくお願いしますね」

それから私たちを促すようにして、奥の部屋との仕切り近くの席に案内した。

奥の部屋のピアノが見えた。白髪《しらが》がメッシュのようにはいった、恰幅《かっぷく》のいい五十代の男が、背中を丸めてピアノを弾いている。Oに気付いたのだろうか、横顔をわずかに向けると笑顔をつくってピアノを弾きながら挨拶した。

私は、店の雰囲気に少しずつ馴染んでゆくのを感じていた。

「Oさん、ここ、もう長いんですか……?」

私は何気なく訊ねていた。

「あっ、長い? 長いっていうより、この世界で初めての店っていうか、ママと若い時から知り合いだったっていうか……」

ママが、ウィスキーの水割りセットをトレーにのせてやってきて、私たちの席についた。そして、水割りを作りながらはずむように話し始めた。

「Oちゃんが日本の人を連れてくるなんて、ホント、初めてなんですよ。ウイッちゃんとは、どこでお知り合いに?」

Oは、ママの言葉を聞きながら、ただ笑っているだけだった。だから私は、仕方なく答えた。

「あっ、そこの広小路裏の飲み屋で……」

「まァ、そうですか。それはそれは、きっとピンときたものがあったんですね。それは」

ママはそう言うと、水割りの入ったグラスを私の前に置いた。

私は戸惑いながらグラスを手に取ると、Oの顔を見た。Oは、「オッ」というように言葉を漏らすと、グラスを上げた。

ママは、そんな私たちの様子を楽し気にながめながら、ポツリポツリと話し始めた。

「Oちゃんはね、私が上野界隈で働き始めた時にね、やっぱりこの辺りで新聞配達してたんですよ。もう何十年も前。それで夕刊配達してた時に、何か偶然にね、親しくなって。ほら、年齢も同じぐらいだったし……、それからね。お店に来たのは、いつかしら……、Oちゃん、その頃大学に行ってたから……」

私は、ママの言葉を引き取るように訊ねていた。

「Oさんは、幾つなんですか?」

「あっ、私、私は昭和二十一年生まれ。そう、ウイッちゃんは?」

「あっ、Oさんより四つ下です」

「じゃァ、私たち、ほとんど同じ年代ね」

ママはハシャグように言うと、ふと感慨深げに話をつづけた。

「Oちゃん、母ひとり子ひとりで、学費も自分でつくって大学へ行ったんですよ。お母さんにも私、お会いしたことあるんですよ。年をとられても、とてもお綺麗な方で、最近もこの店にこられて、私みたいな者にも、Oちゃんをよろしくお願いしますって、御挨拶されて……」

私はOの顔をそっと見た。

Oは煙草を吹かしながら、ただ苦笑していただけだった。

時間が過ぎ、私たちは席を立った。そして、それは別れ際だった。「P」のママは、私の手を取ると、黒眼がちのハッキリした眼で、私の顔をじっと見詰めながら言った。

「今日は、ホントにありがとうございました。これからも、Oちゃんと来て下さいね、お待ちしてますから」

私は、戸惑いながらも頷くしかなかった。

私たちが、「P」の扉を開けようとした時、背後で、笑みを含んだ声が叫ばれた。

「Oちゃん、また来てね！」

先程の若い女の子たちの声だった。

Oは大袈裟に振り返ると、「オーゥ！」と言うように手を上げた。

外へ出ると春の風が、私たちをやわらかく包んだ。連れ立って少し歩くと、不意にOは、「じゃァ」と、無表情に言ってから、再び春日通りを足早に渡り、上野広小路の雑踏の中に紛れて消えた。

その後私は、「P」へ、Oあるいは一人で何度か足を運んだ。そしてOの存在が、この店においても、他の客たちにとっても違和感ある存在であることは確かなようだった。

しかし、私にとって、Oとはどの様な存在なのだろうか。違和感、それはいわゆる普通の人々にとっての違和感とは異なる、何かわけのわからない雰囲気、あらゆる事象に皮肉な言葉を投げかけながらも、深い洞察とは乖離《かいり》した稀薄な精神。それでも憎めない奴という事実。その様々な私の感情が、Oに対して興味を持たせたのだろうか……？　そして私は、そんな感情を持ちながら、Oとの付き合いを断続的に続けていたのだった。

そんな時間《とき》が、どの位たった頃だったただろうか。いつもの酒場で、突然に、Oからひとつの提案が持ち出された。

「ウイッちゃん、六本木へ行きません？」

その唐突な言葉に、私はただ怪訝な表情をしただけだったたと思う。それでもOは、言葉を続ける。

「六本木に行きましょうよ」

私は曖昧な表情のまま、素っ気ない返事をした。

「なんで六本木なんですか？　それに、こんな時間からじゃ……」

時計は十一時を回っていた。

「いや、イイ店があるの。私の知り合いがね、今度、上野からそっちへ移って、ウイッちゃんを会わせたいの。時間は大丈夫なんだけどなァ……」

Oは執拗だった。

「でも、今日はやめときます。いいですよ……」

私は、わずかに笑いながら言った。

「そう……、残念だなァ、じゃ、今度ね、今度行きましょう」

Oはそう言うと、慌《あわただ》しく勘定を払って店を出て行った。

それからも、Oから何回かの六本木行きの誘いがあった。私はその都度、断っていたのだが、あれは一九九七年の初秋だった。その夜も、行きつけの酒場で偶然にOと出会い、喧噪の中、たわいのない会話で時間が過ぎていった。そして、コの字型のカウンターの客が疎《まば》らになった頃だった。

「ねェ、ウイッちゃん、ホント行きません？」

Oは、私の顔を凝視するようにして言った。

私は、軽くあしらうような笑みを浮かべると、「いやァ……」と、言葉を漏らした。

その時、Oの表情がわずかに強張《こわば》り、青白くなったように思ったのは、気のせいだったのだろうか。

そして、Oは、その硬い表情のまま、もう一度言った。

「ねェ、ホントに、ウイッちゃんに会わせたい子がいるの……」

私は躊躇《ためら》いつつも、ふと心にさざ波が立つのを感じた。

地下鉄日比谷線で、六本木まで二十数分、私たちは、閑散とした車内で語り合うこともなかった。いつもは饒舌なOも黙り込んだままだった。暗い車窓には、私とOのぼんやりとした顔が映っている。

六本木駅の改札を抜けると、そこは上野広小路とはあきらかに違った人種が、ほっつき歩いていた。メディア、芸能、ファッション系と、あとはエトセトラ、エトセトラ。そして、様々な国籍の外国人たち。

私とOは、人々の群れの間をすり抜けるようにして歩いた。そして、六本木通り沿いの何本目かの角を右折した所に、そのビルはあった。ビルの入口には、一五〇キロ以上はあるかと思われる巨大な身体に、バリッとしたスーツを着こなした、黒人のドアマンが立っていた。

ドアマンは、Oの姿を見付けると、「ハーイ、イラッシャイ、〇〇〇……」と、真っ白い歯を見せて笑いながら叫んだ。

私には、何を言ったのかは聞きとれなかったが、Oは、大袈裟なジェスチャーで何事かを言った。地下へ下りて行く階段沿いの壁には、来店したと思われる外国人タレントの写真が額に入って飾られている。フロントカウンターには、眼鏡をかけた中年の日本人の女と茶髪の外国人の女がいた。また、そのカウンターの周囲には、様々な国籍と思われるウエイターが、白いワイシャツに蝶ネクタイ、そして黒ズボンのスタイルで立っている。Oがカウンターに向かって行くと、その連中がニヤニヤと笑った。カウンター内の女たちも、Oを確認すると笑った。

Oは、「ヨウッ!」と言うように、戯けた調子で片手を上げた。黒い髪のちょっと垢抜けない容姿の白人系のウエイターが、笑いながら近付いてくると、Oに親し気に何かを語りかけながら、私たちを店内へ案内した。

入った瞬間、私は圧倒される。広い空間にビッグな円形のカウンター、その中にショーができる舞台があり、カウンターの周りを幾つものボックス席が囲んでいる。カウンター内、ボックス席と、そこには溢れんばかりの白人系ホステスたちが、刺激的なスタイルでひしめきあっている。そして、客たちが蠢いている。

Oが、ウエイターに案内されて、カウンターとボックス席の間のフロアを歩いてゆくと、アチコチから声がかかる。見れば何人もの白人ホステスたちが、Oに手を振ったりして自分をアピールしているのだ。

と、突然、ウエイターのチーフだろうか、スーツを着こなし、チョビ髭をはやした背の高い、中東系の顔をした男が、にこやかな表情をしながら飛んで来た。

Oは、その男を確認すると親し気に話しかけた。二人はまるで、長い間の友人のようにして、ボックス席まで歩いて行く。ボックス席につくと、チーフはウエイターに厳然とした調子で言葉を発した。私には、何を言ったのかはわからない。ウエイターは、慌てた様子で取って返す。Oは、踏ん反り返ったように、ボックス席のソファに座り、薄笑いを浮かべながら、睥睨《へいげい》するかのように店内をながめた。

チーフがひと言何かを言うと、Oは、ふっと気付いたような顔をしてから、私をチーフに紹介した。

「ウイッちゃん、ライターね」

チーフは茶色の瞳をクルクルさせて、大きな毛むくじゃらの手を差し出し、

「ようこそいらっしゃいました。ウイッちゃん」

と、日本語で言ってから、私の手を包み込むようにして握手した。

ウエイターによって酒が運ばれ、チーフが選りすぐった二人の白人ホステスが、満面に笑みを湛えながらやってくると、Oに大袈裟な挨拶の抱擁をした。

私の心には、Oが言った、「会わせたい女がいる」という言葉が、残存していたのだろう。かつて、Oが上野広小路裏に連れて来た、ブロンドの女を想像していたのだが、その思いはアッサリと外された。

Oは最早、私を誘う時に言った言葉など忘れてしまったのだろう。それから後は、ドンチャン騒ぎだ。次から次へと酒が運ばれ、次から次へと白人ホステスが入れ替わり立ち替わり現れては、飲み喋りはしゃぎ、クレージーなほどの盛り上がりだ。この喧噪の店内においてさえも、度を越えた有様な

のだ。

Oは、ホステスが来るたびに私を紹介し、女の名と国名を叫ぶ。アメリカ、オーストラリア、イギリス、カナダ、スウェーデン、イタリア、スペイン……。

そして、ショータイム。舞台では、艶かしくも洗練された、ラスベガス仕込みのダンサーたちによるショーが始まると、店内は一気にヒートアップする。ショーダンサーは、ホステスたちの憧れのようだ。ショーダンサーを見詰める眼が潤んでいた。

ショータイムが終わると、店内はもとの喧噪に戻った。その中をダンサーが歩いて来る。そして、Oの席に座ると、Oは待ってましたというように、ノンアルコールドリンクで歓待する。

――いったい、こいつは、何なのだ――

私は、クレージーな空間で、一人浮いたまま、曖昧な笑いを見せて、酔うことのない酒を飲み続けていた。

際限のないようにみえる時間の中で、Oはひたすら戯《おど》け、バカをやり、酒を飲み続けた。女たちもまた嬌声を発し、身体をくねらせ、媚を売りつつ、強い酒を呷《あお》った。

しかし、それは突然だった。それまでバカをやり続けていたOが、一転、血の気が引いたような表情になると、フワッというように席を立ち、私を促すようにしてスタスタとフロントカウンターへと向かった。

女たちはと見れば、一瞬戸惑った表情はしたが、すぐにあっけらかんとした表情に戻り奇声を発して、Oを見送るのだった。

Oはフロントカウンターの前で、スーツの内ポケットに手を突っ込みながら、カウンター内の眼鏡をかけた中年の日本人の女に声をかけた。

「いくら……?」

女は眼鏡越しに、上眼遣いにOを見ると、手際よくチェックした。それから、金額を記した白い紙を差し出しながら、ぶっきらぼうに言葉を投げた。

「今日も、随分《ずいぶん》いっちゃったわね」

Oは、青白い顔を硬くして笑うと、焦点を合わせるようにして、女の手許を見詰め、札束を切った。十一万円。それらはすべてピン札だった。

階段を上がり外へ出る時、再び巨体の黒人ドアーマンが声をかけたが、Oは一切反応しなかった。六本木通りには、タクシーの長い行列だけが待っていた。私たちは、タクシーに乗り込むと行先の上野を告げた。車中、Oはひと言も語らずに、ぼんやりとした表情で流れて行く東京の夜景を見詰めているだけだった。上野に着くと、私はOに声をかけ、私の財布の中にあった有り金を、Oのスーツのポケットに突っ込み、タクシーを下りた。Oを乗せたタクシーは、昭和通りをさらに北へ向かって疾走し見えなくなった。


一九九八年、花粉舞う春。突然、ミスターOから一本の電話が入った。上野公園で、例の六本木の店のホステスたちと花見をするのだが、参加しないかという電話だった。

私は一瞬、「なぜ?」という言葉が頭を過り、返答に迷ったのだが、迷いながら、こんな問いかけをしていた。

「花見はイイんですけど、場所取りが大変じゃないんですか？」

すると、Oは自信あり気にこう言った。

「ウイッちゃん、それは大丈夫。ホームレスのサイトウさんをゲットしたから……」

Oは、ホームレスのサイトウさんに、日給と酒と食料、それにブルーのビニールシートを付けて、場所取りをお願いしたのだと言う。

それでも私は、当日現場へ着くまでは不安だった。しかし、上野公園のメインストリート、交番横の高台の銅像脇の桜の木の下に、サイトウさんは六畳程のビニールシートを敷いた上に、ポツンと座って場所を確保していてくれた。

年齢は五十歳前後？　Oは早速、日給と持参した酒と食料を手渡した。

花見客の群れの中で、ブロンドの髪、はちきれんばかりの姿態、そして嬌声。ホステスの彼女たちは、花見客の眼を注視させせずにはおかなかった。

彼女たちのひとりが、ふと自嘲気味に言葉を漏らした。

「まるでショー（見世物）ね」と……。

しかし、また実に様々な国の人々が、花見に来ていることにも驚かされた。桜の木の下、多様な言葉が飛び交った。

花見の会は、九九年も行われた。ミスターOは再び、上野動物園脇に塒《ねぐら》があるサイトウさんをゲットし、場所取りをお願いしたと電話してきた。

「ウイッちゃん、サイトウさん、変わっちゃって……、初めわからなかったのよ。本当、サイトウさん、えらく歳をとっちゃったみたい、この一年で……。一年で十年ぐらい歳とっちゃったみたい。それにね、サイトウさん、言葉が出ないの、言葉が出て来ないのよ」

その年もまた、サイトウさんはビニールシートの上に、頑なまでに座り続けてくれたのだろう。昨年と同様の場所を確保してくれていた。帰り際、ホステスの彼女たちから手渡された、いっぱいの食料を抱え、微笑みながらサイトウさんはどこかへ消えた。

そして、二〇〇〇年、春。

ミスターOから、悲痛な電話が入った。

「ウイッちゃん、サイトウさん見つからないの、いないの。ずーっと捜したけど、いないの、亡くなっちゃったみたい……。近くにいたホームレスに聞いたんだけど、うん、サイトウさんの名前は聞いたことあるって言うんだけど……。ここらでは、今年に入って三、四人死んでるって言うの……」

それでも花見の会は開かれた。御徒町駅前の吉池デパートで、Oとホステスの彼女たちは、食料をしこたま買い込んだ。今日は、彼女たちの他に、六本木の店でウエイターをやっている、W大学の学生でイギリス人のピーターも一緒だ。

上野公園までの道は人々で群れ、歩くことさえ儘ならない。Oは道すがら、場所取りは他のホームレスにお願いしたと、私に言った。

上野公園の騒然としたメインストリートの中程に場所はあった。いや、あるはずだった。しかし、そこにはすでに若いサラリーマン風の男が場所を確保し、私たちを怪訝そうな顔で見詰めている。O

は男に言葉をかけて、少しの間話し合っていた。私たちは、Oとは少し離れた場所で、喧噪の中にいる人々をながめていた。話がついたのか、Oは私たちの方へ歩いて来ると、冴えない表情で言った。

「ホームレスがさァ、彼らのグループとこっちと、ダブルで場所取りの約束して……それで……」

そんな時、Oが約束をしたというホームレスがやって来た。ホームレスはバツの悪そうな顔をしたが、モゴモゴと口籠ったように、Oに何かを言った。Oは不愉快そうな顔をしてから、折り畳んだ紙幣をホームレスに手渡した。

仕方なく、花見は狭い場所を間借りするようにして始まった。けれど、そんな状況だったからだろうか。それとも、その日は春だというのに、やけに冷たい風が吹いていたからだろうか。花見は、一向に盛り上がらずに、お開きになった。

御徒町駅への帰り道、ホステスの彼女たちが、Oに六本木の店へ来るように、さかんにおねだりしている。

Oは冴えない表情で、ポツリと日本語で言った。

「そうそう行けないよ、あんな高い店……」

彼女たちは、Oの日本語にわずかに首を傾げてから怪訝な顔をした。

その時、ピーターが、ふっと考えるように言葉を漏らした。

「Oさん、あの店いくらなの……？」

しっかりした日本語だった。

Oは、ピーターの顔を見詰めると、耳許で囁いた。

「オーッ、クレージー！」

ピーターが、奇声を発した。それから、ピーターは彼女たちに早口で捲し立てるように、何かを言った。

すると彼女たちもまた、

「オーウ！」

と、素頓狂な声を発し、それぞれで囁きあった。

御徒町駅で、私とOは彼らと別れ、駅近くの居酒屋へ寄った。蛍光灯の下、Oの青白い顔と艶のない肌が眼に止まった。

Oは寒さしのぎなのだろうか、焼酎のお湯割りを一口飲むと呟いた。

「わかってないんだよ、あいつら。全く際限がないんだから……」

それは、かすれた力のない声だった。


二〇〇一年の正月が明け、松飾りも取れた頃だった。私の家のポストに、差し出し人不明のエアメールが配達された。不可解な思いで封書を開けると、心当たりのない名前が記してある。しかし、どこかで見たような文字、そして共通の話題。私はすぐに、このエアメールの差し出し人は、ミスターOであると判断した。それにしても、なぜ偽名なのか……？

第一便のエアメールから、日をおかずに、次々と第二、第三のエアメールが届き始めた。その多くは、現在のあるいは将来のアジア情勢に関するOの所感や論文？　とりわけ中国脅威論が、重要な主題であった。

私は、何通目かのエアメールの返信として、幾つかのジャブをOに繰り出してみた。なぜ、泰国《タイ》に滞在し、偽名を使っているかなど……。

Oの返信は、すぐに来た。その内容はこうだった。

「私は、行方知れずということになっています。私には、今、お金がありません。よって、どなたかこちらで商売をやりたい方を紹介して下さい（パチンコ屋など）。私は日本へ帰る気持ちも、日本へ帰ることもありません。ただ、浦島太郎にならないように気をつけるつもりです……」

それから、あちらこちらに移動を続けながら、何通のエアメールが届いたのだろうか。その内容は、戦争論、アジア生活圏構想、日本人論、地勢経済学、そして圧倒的な中国脅威論であり、日本の外交音痴ぶりであった。また、通貨経済によって世界支配を目論む人々への、嫌悪と警告を時に発信し続けた。

私は、少々うんざりとした気分になった。そして、それらのエアメールは、把《たば》になって机の引き出しの中へ仕舞い込まれる運命を辿るだけだった……。

——それは、初夏だった。ミスターOから沈鬱なエアメールが届いた。

エアメールは、お願いの形式で記されていた。Oには、老人保健施設に入所している老いた母親がいる。その施設の支払いは、毎年一回、母親の遺族年金から支払われていた。Oは毎年、息子として、社会保険事務所へ出向き、遺族年金から老人保健施設への支払いを行っていた。しかし、そのOが「行方知れず」ということになって、母親の遺族年金の受給更新手続きができなくなり、老人保健施設への支払いができなくなってしまったというのである。

そこで私に、その手続きを、Oの代わりにして欲しいとのお願いだった。そして、この事に関しては、ミスターOの前妻であるタイ人のノーイさんが、すべて知っているので、ノーイさんに連絡して欲しいということだった。

私は、初めてOからタイ人の奥さんのことを知らされた。それも、この様な形で。しかし、最早、Oと別れてしまったノーイさんに、私が会ってどうなるというのだろうか……。

私は、ノーイさんの携帯電話番号の下に記された、Oの文字をぼんやりと見詰めた。

「私は『行方』知れず。ノーイと私は一切関係ないことになっています」

ふと、私の心の深層で何かが小さく揺れた。しかし、心の揺れは、私にノーイさんへの行動を、すぐにはとらせることはなかった。私は懐疑的になっていたのだ。私は一体、あの男の何を知っているというのだ。私は、何も知らないに等しいのではないか……。

その時だった。私の行きつ戻りつする心の中に、ふとOの勤めていた会社名が浮き上がった。私は少なくとも、Oの輪郭だけは把握しなければならない。私は頭の中にわずかに残存していた、会社名と地名を頼りに電話帳を調べた。そして、おそらくと思われる会社名を見付けだした。

電話のプッシュボタンを押しながら、私の心に小さな胸さわぎとおののきが擦れ違った。

呼出し音が鳴っている。

瞬間、「はい、○○です」と、愛想のない初老の男の声が耳に届いた。

「あ、あのー、Oさんいらっしゃいますか」

私は、何気ない声を装って訊ねた。

ふと、受話器の先の男の表情が、硬直したように感じたのは、私の思いすごしだったのだろうか。

男は、一呼吸おくと、不機嫌そうに言った。

「O？　彼は出社してない。もう……、去年の、いつ頃かな……？　そう、会社に税務調査が入った時から、出て来てないんだ……」

そう言ってから男は、いぶかし気に私に訊ねた。

「こっちも捜してるんですよ。ある日、ふっといなくなっちゃったんだから……」

「そうなんですか……」

私は、男の問いかけを受け流すように言った。

わずかな沈黙があった。しかし、そのわずかな間にも、男が探りを入れていることが、私にはわかった。

私は、何気ない調子で言葉を切った。

「わかりました」

今、私の中に、なぜあの男が、タイにいるのかという輪郭が浮き上がり始めていた。そして、その輪郭は、時間がたつにしたがって、はっきりとしたものになっていった。と、同時に、私の心に留まったままの、ノーイさんに対する思いが、明確な意思を持ったのを感じたのだった。

小雨が降っていた。私は、東京の西にある近郊の町でノーイさんに会った。ノーイさんは、会った瞬間、「あー……」というように頷いた。私たちは、それぞれを確認すると、駅前の小綺麗な喫茶店に入った。

ノーイさんは、澄んだ眼と意志の強そうな唇を持っていた。そして、口許に微笑みを見せながら、私の言葉を待っているようだった。

「Oさんから手紙で連絡があって……、それで、あなたの携帯の番号を知って……、Oさんの手紙では、何か、お母さんの老人ホームの支払いで困っているとか……」

私が、そう切り出すと、ノーイさんは反射的に言葉を継いだ。

「Oさんにィ、タカベェさん……のこと聞いてます……。だからァ、そうですねェ、オカアさん、こまァてます。ワタシィではダメ、ダメです。だからァ……、Oさん、タカベェさんにィ、お願いしてェ……。オカアさん老人ホームにいます。ワタシィ、毎週日曜、行きます。オカアさん、いつも言います。A郎（Oの名）はどうしたのてェ。ワタシィ、A郎さんは、会社忙しいねェ、言います。忙しい忙しいてェ……。いつもウソ言います。ウソダメです。でも、仕方ないです」

私は、一瞬圧倒され言葉を失う。それでも思考回路をたぐりよせ、なんとか言葉を発した。

「お母さんは、元気ですか」

「オカアさん、元気、元気。たぶん？　今、八十五歳ねェ。でも、元気」

ノーイさんは、明るい笑顔で答えた。

「あっ、それで、老人ホームのお母さんのこと……」

「老人ホーム？　そう、ワタシィ、日曜日行くからァ。今度もォ……。あァ、待てェ、今電話する、老人ホームにィ……」

そう言うと、ノーイさんは携帯電話をかけた。

午後三時、小さな喫茶店には疎らな客たちがいた。異国の女《ひと》と中年の男の会話に反応し、聞き耳をたてているようだった。

「あっ、福寿苑《フクジュエン》（仮名）ですかァ、ワタシィ、ノーイでーす。そう、Oのオカアさんの担当のタカハシさん、お願いします……。あっ、タカハシさん、ノーイでーす。オカアさんのことでェ、今度、日曜、そう、ワタシィとォ、日本人のヒト行きます。あっ、そーゥ、オカアさん、元気？　元気！じゃァ日曜ねェー」

ノーイさんはそう言うと、携帯電話を切った。

どうやら、私は、今度の日曜日にノーイさんと、Oの母親のいる老人保健施設に行くことになったようだった。私に一体、何ができるのだろうか……？　そう思った瞬間、私の心臓が不整脈を打った。

ノーイさんと別れ、私は都心に向かう私鉄電車に乗っていた。私の脳裏には、ノーイさんの言葉が断片的に浮かび上がる。ノーイさんは今、新しい環境のもとで生活している。旦那さんは、自営業でノーイさんとの間の子供はいない。新しい旦那さんは、Oのことは何も知らないらしい。ノーイさんもまた、タイ料理店の調理場で日々働いているという。そういえば、今日も休憩時間に会うことになっていたので、白い上っ張りのままだった。その環境の中で、Oの母親の面倒まで見ているノーイさん、別れたOと、今どんな関係なのだろうか……。そして、ノーイさんは、私に何を期待しているのだろうか……。再び、私の心臓が激しく不整脈を打った。

日曜日、都心から三十分程電車に乗って、午後一時にM駅に着いた。ホームには、夏を思わせるような陽差しが照り返していた。私は眩し気に眼を細め、ノーイさんを捜した。ノーイさんは、人影のないホームの一番先のベンチに、麦藁帽子を目深にかぶり、ショルダーバッグを抱え、白いワイシャツとブルーのジーンズの服装で待っていた。

私が小さく手を上げると、ノーイさんは、それを合図のようにしてスッと立ち上がり、改札口へと続く階段を下り始めた。私は、小走りに歩いてノーイさんに追いつくと、聞いていた。

「老人ホームは、近いんですか？」

「近いです、近いです。すぐですからァ」

ノーイさんは、背を真っ直ぐに伸ばし、足早に階段を下りて行く。

改札口を抜け、閑散とした商店街を通り、幾つかの四つ角を曲がると、老人ホームはあった。玄関ポーチの先の、格子の入った大きなガラスのドアを開けると、受付がある。

ノーイさんは、笑顔を見せながら受付の中を覗くと、声を上げた。

「タカハシさーん」

受付の横のドアから、髪を後ろに束ねた四十歳前後の女性が出てきた。

ノーイさんと親し気に話をしながら、時折私の方を見る。私は少々行き場を失いながらも、小さく御辞儀をした。

「じゃァ、オカアさんとこ、行てきますねェー」

ノーイさんが楽しそうに叫んだ。

「うん、Oさん、さっき起きたからねェ。でも、また寝ちゃったかなァ……？」

タカハシさんが微笑みながら言った。

ノーイさんは、勝手知るといったように、ホームの廊下を歩いて行く。私はただ、わけもわからず彼女の後ろをついて行く。時折、職員の女性たちが挨拶をしてくれるのだが、私は、ただ曖昧に微笑んで、ぎこちない仕草しかできない。

幾つかの部屋の前を通り過ぎると、突然、ノーイさんの明るい声が耳に響いた。

「オカアさーん、ノーイですよーッ！」

ノーイさんはそう言うと、Oの母親のいる部屋へ入っていった。

六人部屋なのだろうか。広めの部屋に、ベッドがポツンと二つだけあった。

Oの母親は、何かをしようとしていたのだろうか。半身を起こそうと、踠《もが》いているように見えた。

ノーイさんが駆けよる。今、ノーイさんに支えられたOの母親は、ゆっくりと顔を上げ怪訝そうな表情で彼女を見詰めた。

そして、一瞬間をおいてから、かすれた声を漏らした。

「あーっ、ノーイさん……」

二人は、しっかりと抱き合った。Oの母親の品のよい綺麗な顔立ちと、長い白髪が、私の瞳に映った。

それから、Oの母親は、老人ホームでの日々の暮しを語り続けた。ノーイさんは、いたわりながら頷き、耳を傾けた。

そして、話がひと区切りついた時、私を母親に紹介した。

「タカベェさん。A郎さんのお友だちですよォ」

Oの母親は、眼を細めながら私を見詰めると、

「いつもA郎がお世話になって、ホントにお世話になって……」

と、ゆっくりと繰り返した。

私は、ただ戸惑いながら、ベッドの脇で佇んでいるしかなかった。

ふと、Oの母親が真顔になってノーイさんに訊ねた。

「A郎はどーしたの?」

その声を聞いたノーイさんが、大きな笑顔をつくって、しっかりした口調で言った。

「オカアさん、A郎さんは忙しいのォ。お仕事忙しいのォ、それでェ、タカベェさんにィ頼んでェ、来てもらったのォ。お仕事忙しいのォ……」

「そう、忙しいの……。いつもホントにお世話になって、ホントに……」

Oの母親はそう言いながら、何度も私に頭を下げた。

私は苦痛を感じ、居た堪れない気持ちになった。そして、私は心の中で言葉を吐き捨てた。

〝あのバカ、何やってんだ!〟

しかしまた、今、私がここにいる存在の稀薄さ、なぜ、私はここにいなくてはならないのかという思い……、

〝あいつとは、ただ、飲み屋で偶然会っただけじゃないか〟

持って行きようのない怒りと、漠とした己の立場が腹立たしかった。

私は、そんな感情のまま、ノーイさんとOの母親の会話を、遠い景色でもながめるようにして聞いていた。

どの位たったのだろうか。疲れたのかOの母親が話しながら微睡《まどろ》み、その寝顔をノーイさんが優しい眼差しで見詰め、そっとベッドに横たえた。

私たちは、Oの母親の寝入ったのを確認すると、再び受付横の事務室へ向かった。事務室には、相談員のタカハシさんと、老人ホームの所長が待っていた。そして、Oの事実（真実？）を隠蔽したまま、曖昧な形での話し合いが始まった。

――結論を言えば、血縁者ではない限り、Oの手紙の内容にある遺族年金の手続きなど、私にできることではないということだ。私は安堵したが、また、私の心に不安が過ったのも確かだった。では、Oの母親の存在はどうなるのだろうか……。

しかし、それは杞憂だった。相談員のタカハシさんたちは、親身になってノーイさんに言葉をかけ、人権擁護関係の人を間に入れるなど、様々な提案をした。

そして、それ以降、紆余曲折はありながらも、Oの母親の妹が見付かり、遺族年金などの手続きを済ますことができたと、ノーイさんから連絡があった。一件は落着した。

その後も、ミスターOは能天気にエアメールを送り続けてきた。そしてその内容もまた、Oの謂う所の世界情勢の分析であった。しかし、ある日、どんな心境の変化だったのだろうか……。Oから、こんなエアメールが届いた。

本日は、私的な書き物を送ります。ノーイへ見せてやって下さい。よろしくお願いします。

イサーンの女《ひと》

貴女《あなた》は風　貴女はいつもふいている
みんなの心にふいている

イサーンの大地は赤い
イサーンの陽光は強い
風が止み　陽炎だけが立ち昇る
でも　貴女の風はふいている

風がふく　強くふく
雷電《ひかり》が走る　強く走る
雨が降る　強く降る
イサーンの嵐
星が降る　強く降る
そして　あなたの風もふく　強くふく
みんなの心に強くふく

貴女は風　あなたはイサーン
貴女は　イサーンの女
貴女は　イサーンの心

一片の詩だった。
そして、追伸としてこう記されていた。
ウイッちゃん、あなたの来泰《タイ》をお待ちしています。

二〇〇三年、一月二十七日、成田発ノースウエスト機は、途中、雨と気流のため二十分遅れでバンコクに到着した。現地時間の深夜十二時過ぎ、空港を出ると澱んだ重い熱気が、私の身体を包んだ。現地の旅行会社スタッフの待つマイクロバスに乗って、ホテルまでひとっぱしり。その夜は、明日、Oと会うということで気持ちが高ぶっていたのか、よく眠れなかった。

翌日は、午前六時四十五分に眼が覚めた。大きな窓に吊されたカーテンを開けると、スモッグなのだろうか、空が霞んで見える。シャワーを浴び、食堂で朝食を食べ、前もってOとエアメールで約束していた時間の午前十時三十分、七階の私の部屋から一階のラウンジへ下りて行った。ラウンジには、Oはまだ来ていなかった。私はしばらくの間、ラウンジにある新聞を読んだりテレビを見たり、あるいは、観光ツアーに出かけるヨーロッパやアジアなどの、観光客をながめて時間を潰していた。しかし、Oは姿を現さない。時計は、すでに十二時を過ぎているではないか。

不意に、私の心に懐疑心と不安感と苛立たしさが、錯綜するように過った。私は、ホテルの玄関先の車止めまで出てみたが、そこには、太陽の下、白く霞んだバンコクの街並みが揺れながら広がっているだけだった。

業を煮やした私は、ホテルのカウンターにいた日本人スタッフに、Oへの伝言を頼み、タクシーでバンコクの街へ出てみた。ここは、シーロム通り、ちょうど昼食時だったのか、人でごった返している。屋台の匂いと活気溢れる人の群れ、渋滞するタクシー、排気ガスの臭い、そして、多くの物乞いたち。

この街で、Oはどうやって暮らしているのだろうか……。そう思うと、私はタクシーをひろい、ホテルへ急いで引き返していた。

ホテルのラウンジのソファに、Oは何気無い姿で座っていた。私がホテルへ戻ったのをすぐに確認したのか、小さく手を上げてからぎこちない笑顔を見せた。灼熱のタイに、二年余り滞在していたというのに、艶のない白い肌が眼に止まった。そして、ワイシャツの首回りに透き間があき、あきらかに痩せていることがわかった。

私は、初めの言葉がすんなりと出てこないことに気付いた。Oもまた、戸惑ったようにぎこちない笑みを見せたままだった。

だから私は、然りげ無く訊ねた。

「元気でしたか？　ずいぶん遅かったんで、どうしたかと思って……」

Oは、ぎこちない笑みを浮かべたまま、少し口許を歪めると、ボソリと言った。

「いや、近いと思って、駅から歩いて来たんだ……」

「歩いて？　この暑さの中を……？」

一月の下旬とはいえ、バンコクの暑さは尋常ではなかった。

「いや、金もないし……」

Oは、自嘲気味に言葉を漏らした。

私とOは、その後も、事の本質を避けるように会話を続けていた。そしてOは、かつての自分自身を取り戻したかのように、アジア情勢や、日本の政治経済状況の分析、また、タイの政治経済の支配構造などを、唇の端に白い泡粒を見せながらしゃべり続けた。

――この男は、いつまで無意味な言葉を語り続けるのだろうか――

私は、Oの自説を聞き流しながらも、苛立たしさが、私の深層からフツフツと湧いてくるのを感じていた。

そして私は、Oの言葉を遮るようにして言った。

「で、Oさんは、なぜタイに来たんですか……」

その瞬間、Oの表情がわずかに歪み、少しの間、瞳を宙に浮かせると諦めたような薄笑いをした。

それから、躊躇いつつも、ポツリポツリと話し始めた。

結局のところ、会社の経理を担当していたOは、約一億円余りの金を使い込んだということだ。Oの言うことでは、それらはすべて遊興費に使ったわけではなく、金を儲けよう、会社に儲けさせようと流用して、失敗したということだった。使い込んだ金の穴埋めがうまくいかなくなったところに、税務署の調査が入り、取る物も取り敢えず、タイへ逃亡したというのが、事の真相だった。そして今、ノーイさんより、生活費として月に七〇〇〇バーツ（二万円余り）の仕送りを受けていると言った。

ふと、私の脳裏に、ノーイさんの姿が浮かんだ。そして、私の心に、ひとつの言葉が停止した。

〝ノーイさんは、なぜOに仕送りしているのだろう……〟

夕暮れ、私はOとともにスカイトレインに乗って、Oの住む町へ行った。駅からOの住むマンションまでの道には、ビッシリと屋台が並び、食料から衣類、雑貨と様々な品物が売られていた。とりわけ、タイの日々の暮しの中にある惣菜を売る屋台は、辺りにいい匂いをさせながら、所狭しと並んでいる。その間を、ごった返すように人の群れが歩いて行く。

私とOは、時折屋台で立ち止まり、それらの惣菜を買い込んだ。当然、金のないOに代わって、私が支払いをした。そんな雑踏の中をどの位歩いただろうか。高さ十階程の建物が幾つも立つ居住地区に、私たちは入り込んでいた。そこは、それまでの喧噪が嘘のような閑散とした地区だった。建物と建物の間の簡易な広いアスファルト道路には、幾つかのテーブルが置かれ、そこでタイの人々は約《つま》しい食事をとっていた。

Oは、その人々の中に、顔見知りもいるらしく、時折笑みを見せては軽く手を上げた。そんな姿を見ると、Oが日本にいた頃を思い出させたが、Oの住むマンションに着いて、初めてOの現実を知る思いがしたのだった。それは、名ばかりのマンション。Oの部屋は九階にあった。いつ停止してもおかしくない危ういエレベーターが、重く鈍い音をさせながら上昇して行く。そして、強い衝撃とともに止まると、ジャバラ状のドアを開ける。冷たいコンクリートの廊下には、なぜか上半身裸で、黒いパンツひとつ、髪がレゲエ風に長い裸足の男がいた。男は長い柄のついた箒《ほうき》を使って廊下を掃いているようだが、時折、Oの顔を見ては、ニタニタとヤニだらけの歯を見せて笑った。

Oは無関心を装いながら、私に呟いた。

「狂ってる……」

そう言ってから、Oは男を無視するように、自らの部屋の灰色の鉄製のドアの鍵を開けた。するとその中に、また鉄格子の扉があるではないか。再びOは、鉄格子の鍵をもどかし気に開ける。広さ六畳程だろうか、室内には簡易なベッドと、小さな片隅に洗面所・トイレ、シャワーがあるだけだった。床には、わずかな日用品と、現地の日本語版フリーニュースペーパーが積み上げられていた。そして、道路側にひとつだけある窓にも、鉄格子がはまっていた。室内全体が煤けうらぶれていた。

「鉄格子かァ……」

私は、何気なく呟いていた。

「うん、泥棒が多いのよ、この間も下の階に入ったらしいから……」

Oは、諦めたように言った。

再び私たちは、入念に戸締りをして部屋を出た。廊下では、まだ男が掃除？　をしていたが……、ふと、私の脳裏に、赤塚不二夫が描く、レレレのおじさんの姿が過《よぎ》ったのは、なぜなのだろう……？

屋台で買った惣菜で、私とOはミニマート前のテーブルで、ささやかな食事をした。ミニマートは、アルコールやちょっとした食料、雑貨などを売っている店だ。昼間の暑さが遠のき、時折涼しい風が吹いてゆく。アルコールが入ったOは、饒舌になりハシャギもした。しかし、Oの住む明かりのつかないマンションは、暗い空に向かって、ただ黒い影を見せているだけだった。

一月二十九日、午後一時過ぎ、OがJICA《ジャイカ》の日本語教室に通っているという、Oのマンション近くの美容室の女主人を伴って、ホテルへやって来た。バンコク見物に出かけるというのだ。正直、私はバンコク見物に興味はなかった。Oは、二年余りタイにいるのに、タイ語が全く話せなかったし、日本語教室へ通う女主人も、日本語はカタコトである。彼女に名所旧跡を五〇〇バーツで案内してもらったが、ただ、時間が無為に過ぎていった。Oもまた、言葉少なに同行して、再び夜が来た。

Oが日本食を食べたいという。この二年間食べていないらしい。タクシーに乗車し、トンローの「K」という日本料理屋へ、道に迷いながら行った。座敷に通されると、閑散とした部屋に一組だけ中年の日本人ビジネスマンたちがいた。私たちを見ると、何か違和感を持ったのだろう、胡散臭げな表情をした。

私とOは、ビジネスマンたちから、できるだけ離れたテーブルに座った。そして、私はOに声をかけた。

「何飲みます……?」

Oはメニューをながめながら、ひどく考え込んでいる。

「焼酎を飲みたいんだけど……、でも、缶酎ハイでもいいんだけど……」

Oは、遠慮がちに言った。

メニューを見ると、ミニボトルで一一〇〇バーツから一五〇〇バーツだった。

「もう、ずいぶん飲んでないんだ……」

Oは遠い眼差しで呟く。

「じゃあ、飲めばイイんですよ。つまみは何にします？」

再び、Oがメニューに眼を落とした。それから卑屈な笑みを見せながら、口籠るように言葉を漏らした。

「サバの味噌煮……と、いか納豆、できれば……、寿司とか……」

ふと、私の脳裏に、上野広小路裏の酒場で、Oが白身の焼魚や丸干しをつまみに飲んでいた情景が過った。そして私は、今、この男がどのような心境の中にいるのかを考えていた。過去のことは、もうすっかり忘れてしまったのだろうか。いや、忘れようとしているのだろうか。先程から、日本人ビジネスマンたちの、高揚した言葉が耳に届いてくる。それはかつての、Oそのもののようにも見える……。

そして、いつしかアルコールがまわり、一時《いっとき》、自らの現実から逃れられると錯覚した時、再びOは饒舌になり、滔《とう》々と己の論理を展開し始めるのだった。

私は、Oの忙しく動く口許を見ながら、心の中で呟いていた。

〝黙って飲め！　黙って喰え！　己の足許を見ろ、黙って見ろ！〟と……。

一月三十日、タイ滞在最終日。私とOは、バンコク市内を目的もなく、ぶらぶらと歩いた。Oはすでにビザが切れ、オーバーステイの状態だった。だからか、警察官を見付けると、しばしば横道に逸れた。バンコクもまた、グローバル化した欲望の膨脹の中にあった。金がすべての社会で、Oは、ノーイさんからの月、七〇〇〇バーツの仕送りで、どのような生活ができるのだろうか。それを自業自得と片付けるのは簡単だったが、痩せたOの身体の、少し大きくなってしまった背広が、哀れに感じたのは、私の感傷にすぎないのだろうか……。

午後三時、タイの伊勢丹前でOと別れた。別れ際、Oは口許に笑みをつくると、わずかに手を上げて、小さく頭を下げた。それから痩せた背中を見せて、雑踏の中へ消えた。そして私は、心の中で、再びその背中を見ることはないだろうと思った。

明日の未明、バンコクを立つ私は、ホテルへ帰ると仮眠をとった。一時間程眠っただろうか。眼を覚ますと、ホテルの大きな窓を通して、茜色の夕空がぼんやりと広がっていた。どこかで読経の声だろうか……流れている。突然、どこからか物悲しさが襲ってきた。それがどこからやってくるのか、私にはわからない。ただ、遣り切れなさと、切なさと、もどかしさが、波のようにやってきては、私の精神を不安定にさせた。

今、私は、日本へ帰国する機上にいた。すでに、私が感じていたものは遠のいていた。あれはやはり、一時の感傷というものだったのだろう。しかしまた、それ以上に、私の中に湧き上がってくるノーイさんの存在に、私の感情は揺さ振られるのだった。

日本へ帰国してから、どの位の月日がたったのだろうか。夜七時過ぎだったと思う。私の家の電話が鳴った。ナンバーディスプレイに、ヒョウジケンガイと記された文字が浮かび上がっている。私は、不可解な思いの中で受話器を取った。

受話器の先から、やけにハイテンションのOの声が響いた。

「ハーイ、ウイッちゃん、元気！」

そう言ってからＯは、捲し立てるようにして、言葉を連射し続けた。

Ｏは今、ラオス国境近くのタイ東北部の町にいるといった。ラオス系、クメール系のタイ人がほとんどで、農業が主な産業であり、日本の四、五十年前の生活だという。ノーイさんからの仕送りの、月、七〇〇〇バーツでは、到底バンコクでは生活できないこと、そして、ノーイさんの縁を頼って、この地へやって来たと言った。

「酒、飲んでるの？」

私が、そう問い返すと、Ｏは投げ遣りな言葉を吐いた。

「酒？　酒でも飲まなきゃ、やってられないのよ……」

受話器の先から、遠く近く何度も鶏の鳴く声がした。

今、Ｏは、望郷の中にいるのだろうか……。

その後も、Ｏからのエアメールは続いていたが、どちらかというと、かつてのような持論は影をひそめ、頼みごとが多くなっていた。それらは、干物が食べたい、日本のアレコレの本が読みたい、この薬を送って欲しいなどだった。要求は、時にエスカレートし、そのほとんどを私は無視することになった。ただ、その間も、私はノーイさんと何度も会い、ノーイさんという女性の存在を確かめようとしたのだった。

私は、東京の郊外の街で、ノーイさんの働くタイ料理店の休憩時間を利用して会った。しかし、私はいつも躊躇いを感じるばかりだった。Ｏからのエアメールでの言付けをノーイさんに伝えると、あとは考え込んでしまう。

Oからは、ノーイさんと出会ったのが、バブル経済の前、上野にあったタイのスナックだということを聞いたことがあった。そこで二人は知り合い、ある年、ノーイさんとOでタイへ旅行し、ノーイさんの家族の暮らす町で結婚式をあげたという。

その日のことを、Oがオチャラケたように言ったことを思い出す。

「いや、ノーイの生まれた家へ行ったらさァ、もう結婚式の用意がしてあって、タイの民族衣装？着せられて、それでハイ、結婚ていう感じだよ。なんか狐につままれたっていう。結婚式なんて聞いてなかったんだよ」

それから、四年間の結婚生活があったと、Oは言った。別れた理由は知らない。聞こうとも思わなかった。

そして、その日も、私はいつも会う喫茶店の片隅で、ノーイさんに何から切り出せばいいのか考えていた。それは、ノーイさんの中に、土足で踏み込んでしまうのではないか、という恐れがあったからだ。

ノーイさんは、テーブルの先で、水仕事で荒れてしまった手にハンドクリームを塗りながら、ちょっと首を傾け微笑みを見せて、私の言葉を待っているようだった。

「あの……、ノーイさんは、どうしてOさんに仕送りして……？　あっ、Oさんにお金、送っているんですか……」

私は躊躇いながらも訊ねていた。

一瞬、ノーイさんは、考えるような表情をしたが、「あーァ」というように、わずかに頷くと言った。

「Oさん、ワタシィと別れてからァ、そう、ワタシィ家族、そう、オトウさん、オカアさん、三年間。そう三年間、お金……、一カ月五万円、わかりますゥ？　五万円、送てくれましたァ。それ、ワタシィ、大変うれしかたです。オトウさん、オカアさん、大変喜んでェ……。ワタシィ、家、ビンボウ、とても助かりましたァ」

ノーイさんはそう言うと、白い歯を見せて笑った。

ふと、Oの顔が浮かんだ。私は口籠り、言葉を探すようにして曖昧な表情をした。

しかし、ノーイさんは、何かに気付いたようにして、はっきりとした口調で言葉を継いだ。

「オンギ？　オンギあります。ワタシィ、Oさんにオンギ、あります」

瞬間、私は戸惑う自らを見付けた。ノーイさんの口から、恩義という言葉を聞くとは思わなかったからだ。だから私は、バカみたいに言葉を繰り返していた。

「恩義、恩義かァ……」

「そう、今でもォ、Oさんにオンギ、ありますからァ……、ワタシィ、ワタシィできること、今できること、なんでもする。そう、なんでもする……」

ノーイさんの瞳が、私の顔を鋭く見詰めた。

私は、黙ったまま、ノーイさんの視線から眼を逸らすしかなかった。

ふと、ノーイさんがポツリと言った。

「Oさん、家事みたいなことォ、全くダメ、ダメ。それにィ、友達いない、いなかったァ……。Oさん、寂しがりやァ……、そう……、それにィ、糖尿病とォ血圧の薬飲んでるからァ……、心配ねェ……」

ノーイさんの心の中に、短かったOとの暮しの日々が甦ったのだろうか。やわらかな言葉が、私の耳に届いた。

しかし、私の中にある、もうひとつの問いかけを、私は苦渋しつつ、ノーイさんに言わなければならなかった。

「あっ、あのー、Oさんは、悪いことして……、タイへ行った……。それは……、知っていますよね……」

瞬間、ノーイさんは険しい表情で、語気を強くして言った。

「Oさん、悪いことしてない。Oさんしてないよォ、悪いこと。Oさん、女に騙されたよォ、Oさん騙されたのォ……」

私はたじろぎ、言葉を失ってしまう。

私とノーイさんの会話は、急速に終息し、気まずい雰囲気の中で、私たちは喫茶店を出るしかなかった。

それでも、別れ際に、ノーイさんは口許に笑みをつくって言った。

「またねェ、また会って下さいねェ。Oさんのこと、よろしくお願いしますねェ」

不意に、私は漠とした自分の存在を知った。そして、苛立たしい気持ちが支配した。私は、いつまで、こうしてノーイさんと係わりを持とうとしているのだろうか……。

その後、私は、ノーイさんへ連絡することを、躊躇うようになっていた。しかし、Oからのエアメールは、時折ではあったが続いていた。

そして、二〇〇六年、秋、Oからの言付けを伝えるために、私はノーイさんに会いに行った。いつもの喫茶店の片隅で、ノーイさんは、今日も白い上っ張り姿で待っていてくれた。

私は、ゆっくりと言葉を切り出した。

「Oさんから、お母さんのことで手紙がきて、一度、ノーイさんからOさんに連絡して欲しいと……。お母さんは元気ですか」

その時、ノーイさんの表情が、わずかに曇ったのがわかった。

「おカアさん……、ちょっと、ボケてェ……、そう、ボケてェ。ただ話すだけェ、そう、しゃべるだけェ……。Oさんのこともォ、もう聞かない。忘れてしまったァ？　ただ、自分のコト？　そう、しゃべるだけェ……。もう九十一歳、仕方ない……。でも、かわいそう、オカアさんかわいそう。Oさん帰ってくれれば……、ワタシィ考えてる。Oさん帰ってくること考えてる……」

ノーイさんの言葉に、私は戸惑いながらも訊ねていた。

「Oさん、日本出る時は、ノーイさんに連絡したんですか？」

ノーイさんは、少し困ったような表情をしてから言った。

「Oさん……、慌ててェタイへ行きました。Oさん、その時、手と背中からァ血、血でてェ、刺された言ってましたァ。ワタシィ、あとのこと全部して言って、ワタシィ、Oさんの部屋のもの片付けて……、そう、処分？　そしたら、変な写真、フランス人？　わからない、コロンビア？　わからない。そう、白人の女の人、いやらしい写真、見ましたァ。ワタシィ……、破て捨てましたァ」

そう言うと、ノーイさんは、小さな吐息をついてから、遠くへ視線を移した。ノーイさんの瞳が潤んでいるのがわかった。

それから、ノーイさんは、もう一度吐息をつくと、少し身体を前に乗り出すようにして、きっぱりと言った。

「Oさん、つかまるならァ、日本、つかまてェほしい。それならァ、ワタシィ、面倒みられるからァ。入ても五年位、思う……。タイで刑務所入たら、ワタシィ、遠く離れているからァ、面倒みられない……、だからァ……、日本、つかまてェほしい」

瞬間、私は、愕然としてすべての言葉を失った。心臓が激しく不整脈を打ち、呼吸を稀薄にした。今、私の前にいるノーイさんの言葉は、私の思いを遥かに越えていた。それは、優しさなどという安直な言葉ではなく、痛ましさといえた。その痛ましさは、私という日本人が忘れてしまった痛ましさなのかもしれなかった。最早、私は、その痛ましさを眺め続けることはできなかった……。

私は、ノーイさんと別れ、都心へと向かう電車に乗っていた。車窓からは、黄昏てゆく日本の秋の景色が、ただ流れていた。

五章　男娼の森に佇む

その夜も私は、上野界隈の酒場を酩酊しながら彷徨《さまよ》っていた。酒が私の心と身体を弛緩させ、私は、ただの酔っ払いに落下しようとしていた、その時だった。

「オカマがさァ、飛び降り自殺したんだってさァ……」

どこからともなく、呟くかのように漏れた言葉に、酒場の片隅に座っていた私の心が、小刻みに揺れた。それは、今まさに、酒の中に溺れ込もうとしていた私を、その縁で踏みとどまらせ、私の意識のわずかな部分に、上野界隈に立つ、オカマ＝《イコール》男娼たちの姿を甦らせた。

あれは、いつ頃のことなのだろうか……。

一九八〇年代後半、バブルの絶頂期。上野広小路の雑踏を抜け路地裏に入ると、二人の男娼が立ちん坊をしていた。いや、立ちん坊というより、座りん坊の方が多かった。二人とも、厚化粧の下に、どうしても隠し切れない深い皺《しわ》を刻み、頬の肉はたるみ顎の下のダブルチンは歩くたびに揺れていた。たぶん、五十も半ばを過ぎていたのだろうか？　あの体重をハイヒールで支えるには、立ちん坊は、さぞ過酷な職業に違いない。人伝てに聞けば、近所の飲み屋の主人が、不燃物ゴミの収集日に出すつもりでいた、ビニール張りの丸椅子を、二人の男娼にプレゼントしたという。だからそれからは、立ちん坊ではなく、座りん坊の日々が続いている。

二人の男娼の中でも、とりわけ身体の大きな彼女《カノジョ》？は、辺りを憚《はばか》ることもなく訛声《だみごえ》で、男たちを誘った。私が馴染《なじ》みの酒場へ行くたびに、

「お兄ちゃん、チョイと遊んでいかない」

と、声をかけた。

私は立ち止まり、

「もう、何度も会ったじゃないですか」

と、言うと、

「いいのよォ、好きでかけてるんだから。男って、心変わりする時があるもんよ」

と、私の顔を覗き込むようにして言った。

化粧の匂いが私の鼻腔を漂い、理由のない圧力を感じた。もう一人の彼女は、そんな私たちの風景を、煙草をくゆらせながら楽しんでいた。

その方面にとりわけ詳しい友人が、したり顔で言った。

「彼女たちは、すぐ近くにある同伴喫茶に男を連れ込んで、他のカップルを覗くんですよ。まァ、抜く連中もいるけど、覗きが主だと思いますよ」

狂疾のバブルがハジけた。路地裏の隅には、白いコンビニのビニール袋がかけられた丸椅子が、ポツンと置かれている日々が多くなった。それでも時折、表通りや、不忍の池横の映画街で、彼女たち

を見かけることもあったが、そのうちにストリートでは、ほとんど出会うことはなくなってしまった。

どこへ行ったのだろうか……。

そして今、浮草のようにして、不忍の池畔、下町風俗資料館辺りに佇む、彼女《カノジョ》たちのわずかな影を見る。

上野と男娼、そこに小さな歴史を垣間見る。江戸時代、上野には寺小姓、隣接する湯島天神界隈には、男色を売る少年たちの陰間茶屋が多かったという。相手の客はといえば、上野の山辺りの寺坊主だった。

また、敗戦後の上野には、地下道を中心に二千人に余る浮浪者と、一群の異様なる人々が織り成す世界があった。それは、明治期、松原岩五郎が著した『最暗黒の東京』の再現でもあった。

上野の街娼《パンパン》は七百人、その他の淫売《いんばい》を含めれば千三百人の商売女、さらに約百人の男娼《オスバン》がいた。戦争という狂気が、上意下達の兵舎にも男色を生んだという。そして戦後、復員兵たちのあるものは、下谷車坂辺りの流しの芸人たちに、巧みな女装を教えられ、真紅のルージュをひき上野界隈で男たちを誘った。まさに、上野の森は、男娼の森でもあったのだ。

そして、「一九四八年、警視総監一行が、浮浪者の狩り込みを見学のうえ、夜の上野公園を巡視中、同行の報道カメラマンが、ノガミ（上野）名物〝夜の男〟の群れを撮ろうとランプをつけたことから、入り乱れてのケンカとなり、警視総監は殴られたうえ、帽子をひったくられる騒ぎ……」（以下略・『朝日新聞』）

あれから、五十六年の歳月が流れた。

生暖かい初夏の風が私の身体に舞い、樹木を揺すり、不忍の池の蓮の上を吹き抜け、上野の繁華街へと流れていった。植込みの辺りに二人の彼女《カノジョ》がいた。

私は、何気ない素振りで近付いて行く。すると、植込みの石の縁に腰をかけていた年配の彼女が、私に気付いたのか微笑んでみせた。それから、徐《おもむろ》に左右の脚を上げ、黒いストッキングをたくし上げた。

一瞬、私はたじろいだが、思い切って訊ねてみた。

「あっ、あのー、ちょっと伺いたいんですが……、おネエさんたちの中で、自殺した……」

と、ここまで言いかけた時、彼女の表情が、わずかに強張ったのがわかった。

だから私は、私の素姓を明らかにする言葉を、継がなければならなかった。

「モノカキで……、ちょっと、お話を……」

私は、慌てて名刺を差し出しながら言った。

彼女は、名刺に眼を落とすと、ふと居住まいを正すようにして言った。

「それで、サクラちゃんの何が聞きたいわけ?」

「あっ、亡くなったのは、サクラさんていうんですか……?」

私は、彼女との会話が成立したことに安堵しつつも、これから先、何の手がかりもない会話を、どう続けてゆこうかと不安を感じていた。

近くにはもう一人、三十歳位の彼女が、佇むようにして、じっと、私たちの会話を聞いているようだった。

その時だった。ふと、彼女が言葉を漏らした。

「自殺したサクラちゃんとは……、私がね、浅草でお店やってた頃、あの子は他の店で従業員さんとして働いていて、私は、その店のママと友達だったわけ。そこで知り合ったわけね。それでお互いに聞いてみると、出身が長崎どうしだったのよォ。まァ、私にすれば後輩よね、それがきっかけ、最初の流れね。もう二十年前の話ね……」

そう言うと彼女は、膝の上のバッグから煙草を出して火をつけた。それから、溜息をつくようにして煙を吐いた。

「ホント、もう昔の話よねェ……。サクラちゃんは、それから浅草のゲイバーに移って、そう、十九か二十の頃よね。そう、そうよ。今みたいに街に立ってたりしてないの、お店専門。それから何年かして、あの子は渋谷の道玄坂で、今ココでやってたみたいなことやるようになって……。それで、流れ流れて上野へ来たわけ。そこにあたしがいたってわけよね」

そう言ってから、再び彼女は、ゆっくりと煙草の煙を吹かした。闇の中に、ぼんやりと浮かび上がる彼女の横顔に、わずかな疲労の色が見えた。

「最近でも、サクラちゃんが亡くなる。サクラちゃんの友達のマコちゃんも亡くなる。それにマチ子さんも亡くなったでしょ。三人も亡くなったのよォ。だから……、今、上野には、あたしたちみたいの、三人しかいないんです。サクラちゃんが自殺するなんて……、そんな兆候は、全然なかったのォ、だから、とても信じられない。自分のマンションの五階から飛び降りたっていうの、初めて聞いた時は、もうねェ、それはねェ……ショックだったわねェ……」

先程から、ぼんやりと佇んでいた若い彼女が、ふと悲し気な表情をしたように見えたのは、私の思い過ごしなのだろうか。

「サクラちゃん、四十八歳なんだけど、二十七、八歳で通ってたのね、若く見えたのよォ。ポチャポチャとして、背が低くってェ、若く見えたのよォ。『あたし、お客さんに二十五歳て言われたわァ』なんて、嬉しそうにおしゃべりしてたのにィ……。自殺の原因？　ノイローゼ……？　いろいろあったんじゃない、もう、こんな時代だからね。今は、どうしようもないもの。まだ若いのに、かわいそうにっていう……気持ちよね……」

そう言うと彼女は、煙草の火を消した。私たちの間に、わずかな沈黙の時間《とき》が忍び込んだ。そして、その沈黙の時間を振り払うかのようにして彼女が言った。

「あたしはミミ。今度は、私のことを聞いて下さいね……」

と言って、彼女は静かに微笑んだ。

――ミミさん――

ミミさんとの約束の時刻は、午後三時だった。春の鋭く斜光する陽差しが、上野の街に輝いていた。私は、春の陽気に誘われてきた人々の群れの中を、不忍の池に向かってゆっくりと歩いていた。

上野広小路近く、不忍の池の入口に差し掛かると、いつもなら人影も疎らな、夜にしか訪れることのない下町風俗資料館前にも、桜の季節と相俟《あいま》って、やはり人々の群れが行き交っていた。この群れの中から、ミミさんを捜し出すことができるのだろうか。私の心に一抹の不安が過った。しかし、その不安は、一瞬にして消え去ってしまう。ミミさんは、下町風俗資料館前の植込みの石の縁に腰掛けて待っていてくれた。

ミミさんは、私を見届けると、微笑みを返してから、スックと立ち上がった。そのスタイルは、しゃれた麦藁帽子に淡いクリーム色のブラウス、それに合わせたフリルのついた軽めのロングスカート、そして、ベストをつけていた。足許の靴は革のハーフブーツ、手には黒のバッグを提げて、目立つこと請け合いだった。

私たちは、簡単な挨拶をすませると、上野の雑踏の中へ出た。ミミさんの唇は、ピンク色の口紅で塗られ、春の陽に薄《うっす》らと光って、わずかに微笑んでいた。けれど、瞳は、遠くをぼんやりと見詰めているようだった。

視線、視線がミミさんに注がれる。それは、不意打ちを食らったような視線であり、覗き込むような視線でもある。また、意識的に眼を逸らす視線でもあった。

ミミさんは、それらの視線を掻《かい》い潜《くぐ》るようにして、私に話しかける。

「ほら、あそこ見てェ、桜がきれいでしょ」

雑踏の先の上野公園入口には、淡いピンク色に染まった桜並木が、春の陽差しの中に映えていた。

――ミミさんの口紅の色は、今日の桜の色とコーディネートしたのだろうか――

ふと、私は、そんな感慨にとらわれた。

不忍通りの横断歩道を、人々の群れに押し流されるように渡りながら、私は思慮していた。この無遠慮に注がれる視線を断ち切りたいと……。

「ミミさん、タクシーで行きましょう」

私が唐突にそう言うと、ミミさんは一瞬戸惑ったような表情をしてから、小さく頷いた。

タクシーは、花見客を当て込んだのか、すぐにやって来た。乗り込む私たち。今日、私は、ミミさんを徒歩で十五分程の、私の住む御徒町先の長屋で取材するつもりでいたのだ。しかし、乗り込んですぐに、自らの浅薄さを認めずにはいられなかった。不忍通りから春日通りまでの約二百メートル、タクシーは渋滞に巻き込まれて、遅々として進まないのだ。その間、私はひとり苛立つ自分を発見する。

ミミさんは、そんな私の横で、街頭を行き交う人々の流れを眺めながら、ポツリと呟いた。

「あらァ、ずいぶん混んでいるわねェ……」

私は、ミミさんの何気ない言葉に、さらに焦燥感を増幅させオロオロとする。

と、突然、

「歩きましょう、歩いて行きましょう!」

ミミさんは、言い放った。

私は、慌てて運転手に下車することを告げる。運転手は怪訝そうな顔で振り返る。走行距離五十メートル余り。タクシーのドアが開き、ミミさんは、路上に下りるとすぐに歩き始めた。タクシー代を払い終えた私は、ミミさんの後ろを追いかける。背筋をピンと伸ばしたミミさんの後ろ姿が、人々の群れの中で見え隠れしながら歩いて行く。ミミさんの後ろ姿が横道に逸れ、アメヤ横丁の雑踏に近付いた頃、私は、やっと追い付いた。

「歩いた方が気分もいいし、健康にいいでしょ。特に今の季節は」

ミミさんは、横に並んだ私に、ちょっと含み笑いをしながら言った。

私は、手前勝手な配慮を恥、自己嫌悪に陥っていた。

アメヤ横丁の人ゴミを通り抜け、御徒町三丁目の交差点を渡る頃、今まで一緒に歩いていたミミさんの歩く速度が、急に遅くなって、なぜか私の後方に下がって付いて来る。

ふと、私の心に恐れの感情が広がった。その恐れの感情は、私の背後を歩くミミさんの口許から、「今日はやめましょう……」との呟きが漏れることを……。

しかし、私のそんな思い込みなど素知らぬようにして、ミミさんは一定の間隔――それはまるで、赤の他人のような間隔――をあけながら、私の後ろを付いて来た。

私は、ミミさんの革のハーフブーツのコツコツと鳴る音が、私の背後にあることだけを確かめながら歩き続ける。

「あっ、もうすぐですから……」

そんな私の問いかけにも、ミミさんからの反応はない。

春日通りを横道に逸れ、私の住む長屋の路地に入った時、コツコツというハーフブーツの音は、狭い路地の空間により反響した。路地には、静寂が漂い、人の気配がなかった。私はなぜか辺りを窺《うかが》いながら、引き戸の鍵をあけ、ミミさんを招き入れた。

瞬間、今まで黙っていたミミさんが、言葉を漏らした。

「あらァ、ステキねェ、いいわねェ……」

ミミさんは、ハーフブーツを脱ぎながら室内を見廻すと、上がり框《かまち》を上がり静かにテーブルの前に座った。

私は安堵し、ミミさんに座蒲団を勧めながら言った。

「あっ、何か冷たいもの……飲みます？」

「あっ、いいのいいの、始めましょ、始めましょ」

ミミさんは、優しい眼差しで言った。

ミミさん、本名松本孝一、九州長崎生まれ、六十七歳。

「あれは中学生の頃、なんでもないことだけど、同級生の男の子を好きになっちゃったの。ショックも何もないのよォ。そうそう、自然体なのよォ。その子、背が高かったの、あたしは低かったわけ。席替えの時、その子と一緒に座れるようにって、背伸びしてね、それ位好きだったわけよォ。兄弟は、姉が三人いるの。あたしは一番下。女ばかりだから感化されるわね。姉さんたちの化粧品あるでしょ、それをちょっとつけてみたりしてね。あの頃、ゲイとか知らなくって、都会へ出てから初めて知ったの。ゲイ、ニューハーフ、色々あるけど、そりゃ若ければニューハーフだろうけど、やっぱりゲイだわねェ。あたしの時代で、一番最初のデビュー名が、シスターボーイ。そう、美輪明宏ね、あの頃は丸山明宏。そいでゲイボーイ、ほいで今、ニューハーフと三回変わったわけよ。私の生きている歴史の中で……。

中学を卒業して、家出同然みたいに大阪へ出て、レストランで働いていた時に、シスターボーイの募集が出ててね。あっ、行ってみたいなァと思って、十七歳の時よ。面接受けたら、すぐにＯＫだったの。そーねェ、その頃はまだ、あたしみたいな若いのはいなくて、みんな二十五歳以上だったわねェ。入った店は『オヒロ』、お店での仕事は、バーテンであり、ウエイターであり、ホステス。当時の大阪は、シスターボーイ大会ていうのがあって、そう、宗右衛門町辺りの『ミマツ』？ ジャズ喫茶で、そういう催しがあってね、シスターボーイは芸能人扱い？ そんな雰囲気なの。道頓堀にレコードなんか買いに行くでしょ。そうすると、『あら、シスターボーイがいるわァ』て、もう店から出られない位、人が集まって珍しがられたの。あの頃はもォ、こんなもんじゃなくてェ、もっとハデな格好ね。そう、今の天皇陛下と美智子さんが結婚したでしょ。お店で『まァ、美智子さんてキレイだわねェ』なんて言ってね。そいで美智子へアー真似したりして。そりゃ楽しかったわねェ、パラダイスよ」

大阪を皮切りに、ミミさんの人生の変遷が始まる。大阪に三年、名古屋に半年、そして憧れの東京へ。東京は、新宿区役所通りの「オベロン」で一年余り、二階にあった店から下を見ると、昔のなごりの青線街、娼婦が小道にズラリと立っていたという。店はいつも満員で芸能人も多かったが、その後、知人の紹介で浅草の店へ移った。当時、東京の店では給料のない時代だった。チップとドリンク代を稼いで、ミミさんは生計をたてていた。

「一杯飲んで、幾らかあたしたちに入るって、そういう時代よォ。あとはチップ。うーん、仕事のわりには少なかったわねェ。そういう時代だもの、楽しいことは楽しいけど、お金にはならないのよ、全然。ただ、その時の同年齢の人たちよりは貰っていたわね。あの頃は、食堂で働いても、せいぜい五千円位だものね。でも私は、毎日、五百ずつ雷門の郵便局に貯金してたわよ。

浅草にはねェ、あの頃まだ、警視総監殴ったママがいて、そのママは、あたしたちにとって大先輩よォ。吉原の「おきよ」ていう店。女優のエバ・ガードナーが来たって有名な店になったわけ。もちろんよォ、あたしも、さんざんお話したわよ。仲間として良くしていただきました。警視総監殴った話？　それはよく聞きましたァ、それって、今でも有名だよねェ……。

浅草でお店出すまでにね、一日、五百円の郵便貯金して、そうねェ、二年かかったわァ。店の名は「桜」、その頃は三十万で店ができたのォ。十人入ったらいっぱいの、カウンターだけのちっちゃい店だけどね。それが始まりだったの。まだ二十三歳の頃よォ。もちろん、年下のシスターボーイ雇ってね。そう、流行ったわァ。ただねェ、あの頃は店出すのも、先輩後輩が厳しくて、お金があるだけでは商売できなかったのォ。先輩がOKださないとオープンできなかった。浅草なら浅草のグループがあって、みんなの承諾がなければできなかったわけね。店では、身体売るっていうことはなかったわ。なにしろ、もう忙しいのに追われて……。ただ、店出してからは、彼氏はいたわよ。今までに五、六人ね。店出す前は、もう飲まなくちゃいけないでしょ。飲まなくちゃ、ネエさんたちに怒られちゃう。酔っ払っちゃうわけ。だから、そういうとこの騒ぎじゃないわけよ。店に入ると飲んで稼がなきゃならないわけ、だから、そーねェ、店出して余裕ができて、初めて男の子と同棲したわけね。男の子、みんなノーマルな子。あたしは、向こうがゲイじゃダメなの。あたしたち、みんなそうよォ。男の子たちノーマルな子だから、いずれ私たちと別れて、女性と結婚するわけよ。私の好きなタイプ？　そうねェ、スポーツマンタイプ、わかりやすくいえば、ほらァ、日本ハムの、そう新庄？　ああいうタイプね」

浅草で二十五年、かつての浅草国際劇場前にあった店は繁昌し、佐川満男、飯田久彦など芸能人も多く出入りしたという。あたり一帯は、木造二階屋の店が立て込み、「桜」もまた、二階を住居に一階を店にして営業を続けた。

当時、北海道から九州まで、各地でゲイバーの開店、お祝い事があると、ミミさんは、上野駅を利用して各地に出向いていたという。そこで見た、上野の男娼たちの光景を、ミミさんは今でもはっきりと覚えている。

「そうよォ、あの頃はねェ、まだ上野にいっぱいいたのよォ、三十人位いたかしらァ。三十人がねェ、みんな着飾って、西郷さんの下に階段あるでしょ、あそこの階段にズラーッと並んで、宝塚の階段ステージみたいな感じで、踊ったりハネたりしてたわよォ。まるで、レビューみたいにしてね。それを男の人たちが選んでね、それで公園の中へ行くわけ。公園中でやってたんじゃないのォ。みんな木の下とかなんかでェ……」

瞬間、私の脳裏に、思い思いのコスチュームで、精一杯のパフォーマンスをする彼女《カノジョ》たちの、華麗なステージが甦った。

「それとねェ……、私がまだお店やってた時、上野駅の公園口の右の方にあった竹ノ台会館、あそこにも、あなたァいたんだからァ……。そうよォ、それがあなたァ、ヤンフーみたいな感じでね。ヤンフー？　それはたとえば長屋みたいな感じで、道から見ると、入口にラーメン屋の赤提灯がぶら下がっていて、階段を三段上がって、また三段下りると、そこがあるわけ。まるっきり隔離されているような感じなのよォ。ここは元は都のプールだったらしいわァ。そのプールの周りに、コの字型に更衣室みたいな四畳半位の部屋が幾つもあって、そこに飾り窓の女みたいな感じで、そう、ネグリジェ姿でね、決めてアピールするわけよォ。そこにいた子は十二、三人だね。それ位しか部屋はないから。それはもう、様々な年齢層で戦争帰りの大先輩がいっぱいいいたの。あの頃で、三千円とか五千円とか言ってた。ううん、あたしはそこにいたことはないの。あたしの店に、そこの一番古い先輩が飲みに来よったわけ、それで二、三回遊びに行ったの。だから、もう何十年も前よ。そう、ヤンフーていうのよォ」

ミミさんの話は、前後にあるいは左右に錯綜しながら展開してゆく。ただ、ミミさんの脳裏に甦る鮮烈な思い出だけが、あざやかな映像となり言葉となって溢れてくる。

そして、一九八〇年代後半、時は狂疾のバブルに向かっていた。ミミさんもまた、時代という奴に翻弄されたのである。二十五年間続いた「桜」は地上げにあい立ち退き廃業に追い込まれたのだ。

ミミさんは、すでに五十歳を超えていた。

「それからね、アチコチ他所《よそ》のお店を手伝ったりしてたの。うちにいた子が店出したりしてたからね。だけど、どんどん景気悪くなって、仕事も無くなっちゃってね。それで、上野へ行ったわけ。そう、あの頃は、今の所（下町風俗資料館前）に十人位いたんだけど、四人死んじゃったのよォ。身体の大きい、うーん、マチ子ちゃん。山谷のね、山谷のマチ子っていってね、有名だったの。そう、山谷から通《かよ》ってたの、あの子。それで去年？　いや、おと年亡くなったの。直腸ガン、お尻のガン、そう、広小路の裏通りに、マチ子とサクラとタカちゃんていうのと三人いたの。マチ子ちゃんは訛声《だみごえ》ね、そうそう。性転換手術？　あたしはしてない。してる人もいるいるいる。サクラちゃんはねェ、玉抜きだけしてたのォ。玉抜くと太っちゃうわけよ、男のゴツゴツさがなくなるわけよォ。それでもねェ、自殺しちゃったからね……」

不意に私の心の中に、広小路裏に立っていた二人の男娼が浮かび上がった。その姿は、上野の裏通りに、当たり前のように溶け込んでいたようだった。私は、彼女《カノジョ》たちと出会うことを楽しみにして、あの裏通りを歩いていたのだ。しかし今、あの彼女たちもいない……。ふと、遣り切れなさが心を過った。

「今は、私と他に若い子が二人、全部で三人ね。うん、世間話する程度ね。死んだサクラちゃんやマチ子ちゃんとは、色々な話したり、飲みにも行ったけどね。今は先輩、後輩て言ってる場合じゃないの。そう、適当にお互い様、がんばんなさいって、それだけ。私がデビューした頃は、先輩が黒って言えば、あーそーですねって、言う時代だもの。今はそんなこと言ったら、バカかしらって言われちゃう。当たらず障らずよね。仲間意識があるわけじゃない、自分は自分の道を行くよね。

お客さんも、昔は年配の方もいっぱいいたけど、今は若い人が多いわね。でも、ホモ系がふえたでしょ。昔はノーマルな人が多かったけど……。昔と今？　そりゃ、することは一緒、することはねェ、なーにもないのよォ、ウフフフフッ」

上野の街も変わったと、ミミさんは言う。古い建物は取り壊され、見て呉れのよい無機質な建物が安直に街を形づくる。そう、飽きればまた壊せばいいのだ。画一化した都市に闇がなくなり、闇に立つ人もいなくなる。

かつて、ゲイボーイ、男娼の世界を、街は人は、「あの子たちの社会だから、あの子たちに任せていた」と、ミミさんは言った。そして今も、街は人は、「あの子たちの社会」を許容しているかのように見える。メディアでは、様々なゲイタレントと称する人々を見ることができる……。

「そりゃ、あなたァ、メディアではねェ。それで間違っちゃうわけ、自分たちが認められたなんて。そりゃ、石は投げないでしょうけど……。そうね、視線は投げるわけ。どんな視線？　うーん、そうねェ、奇妙なモノ？　そんな視線よォ、そう、それってわかる」

私の知人のゲイ、バニーさんは言った。

——一過性のお上手の中で己を見失い、まやかしの世論に迎合する時、その先に怖さがある——

それだからこそ……、ミミさんは律儀に生きようとする……？

「お客さんで、好きな人嫌いな人？　それはないわァ、お客さんである以上は……。いやだったら、行かなければいいんだもの最初から。だって、失礼だもの。ねェ、嫌いな人にお金まで貰ってよォ、それは相手に失礼よね。だから、嫌いなお客さんはいないの。今の若い人？　そうねェ、お金が貰えるならって感覚？　女の子でもそうでしょ。ただ、お金で繋がっているだけよねェ……。

女より美しくなりたい……、ていう気持ちはあっても、無理だわねェ。そんな甘いものじゃないものね。若い時はいいけど年をとってくると、考え方も変わってくるし。若い時は、そーねェ、自分のイメージはこうだわァ、あーだわって思うけど、今になると後悔だわァっていう感じあるものね。今なんか思っても、もう遅いけど、そういうふうに感じる。今は、一人で生きてるのが精一杯。不景気で大変よォ。アパートの家賃払ってギリギリ……。もう、なるようにしかならないからね。親も死んじゃったし、まァ、姉は二人生きているけど、私のことより子供や孫のことの方がねェ。私のことなんか心配するような状態じゃないもの。だから、電話もしないの。かえって迷惑でしょ。電話して、何聞かれても、しょうもないからさァ……。『元気』ぐらいしか言えないから……。だから、しないようにしてるの」

ミミさんは、遠い眼差しで言った。

私は、ミミさんの切迫した日々を、想像できるのだろうか。いや、想像できたとして、一体それが何になるのだろうか。こうして、安易な暮しの中にいる私に……。

それは、別れ際だった。

「タカベさん、そーよねェ、今度、カップル喫茶行ってみましょうよ。おもしろいよォ、あれ見たらビックリするよ。見せてあげたいなァ」

そう言うとミミさんは、微笑みながら上野の街へ出て行った。

二〇〇五年、初秋、まだ、人影も疎らな夕暮れ時、私はミミさんと、上野仲町通りから、ひとつ横丁へ入った古いビルの二階にあるカップル喫茶へ行った。カップル喫茶は、ミミさんと一緒でなければ、ちょっと見逃してしまうような場所だった。狭い鉄製の階段を上がり、なんの変哲もないドアを開けると、受付には、慎太郎刈りの表情のない中年男が待機していた。

ミミさんは、勝手知るといったふうで、手際よく靴を脱ぐと、室内をズンズンと進んで行く。私は入場料？　を支払うと、あたふたと後を追った。室内は、一見迷路のように入り組んで見えたが、落ち着いてよく見ると、二本の狭い通路を挟んで、両側に部屋が幾つかある。いや、部屋というよりも、囲《かこ》いに仕切られた空間といったほうがいいかもしれない。また、鏡がアチコチの壁に取り付けられている。

ミミさんは、適当な所まで来ると、「ここでいいでしょ」というように、私を見てから囲いの中へ入った。中には、簡易な狭いソファがひとつ置いてあった。

ミミさんは、ソファに座ると、辺りを見廻してから、ポツリと言った。

「まだ時間が早いから、お客さん、いないわねェ……」

ぼんやりとした照明の室内は窓もなく、ただ静寂だけが支配していた。

無表情な中年男が、飲み物の注文を取りに来た。私たちは、コーラとウーロン茶を注文する。と、瞬く間に、缶コーラと缶ウーロンが運ばれてくる。私とミミさんは、することがないままに、それぞれの飲み物を飲むしかなかった。

ふと、ミミさんが、静寂から逃れようとするかのように語り始めた。

「今日みたいなこともあるのよねェ。でもねェ、実際ねェ、あるのよねェ……、みんな脱いでやってるんだものね、真っ裸で。年寄りも二十位の若い子たち《はたち》も……。だって、あたし二十位の若い子とチェンジして遊んだこともあるよォ。あたしと一緒に行った人が七十歳位でねェ、ココへ来たら、二十歳位のカップルが二人で来てるの。そーよォ、部屋じゃないわよォ、囲いみたいなものよォ、見えるのよォ。だから『あなたァ、なんでこんな所に来たの？』て言ったわけ。そしたら、二人で同棲してるんだけど、マンネリ化してつまらないから、マンガ本読んでたら、ココが載っかってて、それで来たっていうの。それで、その若い子と私が遊んで……、その七十のおじいさんと、女の子が遊んで。そう、そうよォ、そういうことがあるのよォ。でも、いつもいつもじゃないけど、気が合えばね。その時？　そーよ、できるものなのよォ。囲いの中に、それぞれが別々に入っちゃってね。囲いなんか来る人にとって、本当は関係ないんだけどね。平気だものみんなァ、声なんかスゴイわよ、みんな聞こえてるわよ、奥の人まで聞こえてるわよ。それを、ズラーッとみんな見て回る時もあるわよ。それはそうよォ、五、六組しかいないんだからァ、向こうも見て欲しいこともある、あるのね。あたしなんか、『あらァ、ママきれい！』なんて誉めちゃうの。だって、見られるのがイヤなら来なければいいんだもの。ホテルへ行けばいいんだものね。だからおもしろいのね、おもしろいよ、うーん。そうよ、ホテルへ行けば、一対一のね、普通の遊びだもの……」

ミミさんはそう言ってから、その日の情景を思い浮かべるようにして笑った。

と、その時だった。不意に、私の斜め前にある鏡に、人影が映った。私は、一瞬驚きながらも、眼を凝らした。すると、鏡の中に、全裸の老人が映っているではないか。いや、正確には、白く灰色がかった髪で眼鏡をかけた、八十代と思われる老人が、靴下だけを履いた裸の姿で、鏡の中に立っていた。黄色い枯れた皮膚が痩せ細った身体に張り付き、わずかに膨らんだ下腹部の下には、ペニスが垂れ下がっていた。

老人は、どこにいたんだろうか。鏡の中の老人は、こちらをじっと見据えたまま動かない。いや、老人は鏡を通して、私たちを見ているのだ。

私は少々狼狽し、ミミさんに囁いた。

「そこの鏡に、裸のおじいさんが立ってますよ……」

ミミさんは、わずかに腰を浮かせて、鏡を見ると、

「あらァ、お元気ねェ……」

と言って、笑みをつくった。

鏡の中の老人は、私たちの視線に気付いたのだろう。ふっと、鏡の中から消えた。私は、老人の姿を捜すように、立ち上がって囲いの外を見廻してみた。老人はモゾモゾと動いて、別の囲いに入ると、誰かと言葉を交わしている。囲いの壁のハンガーに、老人の背広がきちんと吊されているのが見えた。その時、その背広を、ハンガーから外そうとする老女の姿が眼に入った。老女もやはり眼鏡をかけ痩せていたが、服は身につけていた。そして、老女は、老人が服を着るのを手助けしているようだった。しばらくして、身仕度がすんだのだろう。二人は静かに囲いを出ると、店を出て行った。それぞれ仕立てのいい背広とツーピースを着た、品のいい老夫婦に見えた……。

と、突然、大きな声でしゃべりながら、客が入って来た。

瞬間、ミミさんが驚いたように言った。

「あらァ、あのお客さん、以前あの人とココへ来たことあるわァ」

ガッシリとした身体に夏物の背広を着た、胡麻塩頭で浅黒い顔の男と、ウィンドブレーカーを窮屈そうに着て、背中にナップザックを背負った、コロコロと太った六十代の女が、私たちのいる囲いの前を、ズカズカと通り過ぎて行った。

「元気ねェ……、ホントにィ。あの人、たぶん八十歳を超えていると思うわ。戦争で、中国の北支

へ行ったって言ってたから……」

それからも、幾組かのカップルが店を訪れた。それは五十代の水商売風のママと、客であったり、訳有《わけあ》り？　の中年カップルでもあった……。どうしてこんなに年齢層が高いのだろう。私はそんな感慨にとらわれる。

そして私は、このあからさまな空間に戸惑い、言葉を失っていたのだろうか。そんな私を見て、ミミさんはおかしそうに笑いながら囁いた。

「タカベさーん、そこのカーテン閉めてごらんなさいよォ、見に来るからァ……。そう、カーテン閉めてる方が、好奇心いっぱいになって見にくるのよォ……」

私は、わけもわからないまま、ミミさんの指示に従っている自分を発見する。

と、すぐに、カーテンが揺れるではないか。揺れるカーテンを見て、ミミさんが「ほらねェ」という顔をしながら頷いた。

徐《おもむろ》にカーテンがあけられると、そこに中国戦線に行っていたという男と、コロコロと太った女が現れた。男は腰にバスタオルをひとつ巻きつけ、女はバスタホルでバストを隠すようにして立っている。二人とも上気したように顔が赤らんでいた。

突然、なぜか、私の脳裏に「グロチック」という言葉が浮かんだ。それは、修整されたカラーグラビアのヌードピンナップでもなく、アダルトビデオの中のつくられた姿態でもない、あえて言えば、グロテスクとエロチックとが複雑に縺れあった、生なる肉体がそこにあった。

私は、このアッケラカンとした状況に声もでない。ただ、口をあんぐりあけたまま、二人を見詰めているだけだ。

その時、男がニヤニヤ笑いながら、「なーんだ……」という顔をして、ミミさんを見た。女は舐め回すように、私たちを見ている。

私は、仕方なく微笑むしかない。微笑んで、お引き取り願うしかない。ミミさんは、いたずらっぽい眼をしながら、煙草を吹かしている。だから二人は、つまらなそうにそそくさと、どこかへ消えてくれた。

いつの間にか、囲いの外では騒《ざわ》めきが広がり、人間が行ったり来たりして蠢《うごめ》いているようだ。時折、あの受付の無表情な中年男が、諦めたように客を叱る声が聞こえる。

「お客さーん、覗いて廻っちゃダメですよォー……」

そんな光景を垣間見ながら、ミミさんが合図を送るようにして言った。

「タカベさん、グルーッと一回りして、見てらっしゃいよォ」

私は、ミミさんの言葉に困惑し、照れ笑いをするしかなかった。

カップル喫茶を出ると、すでに日はとっぷりと暮れていた。仲町通りのネオンも輝きをまし、これから来るであろう夜に期待をこめるようにして、人々が行き交っていた。

ミミさんは、仲町通りに入る横丁の角で小さく手を上げると、

「これから、忙しくなるわァ……」

と、期待をこめて言ってから、雑踏の中へ吸い込まれるようにして見えなくなった。

そして今、私の脳裏には、老いてゆく者たちの蠢く黒い影だけが絡みつくようにして残っていた。

景気はゆるやかに回復していると、司る者たちは言う。いざなぎ景気を越えたと、マスメディアは喧伝してくれる。しかし、その実感のないままに、年の瀬と正月が慌《あわただ》しく行き過ぎていった。私はその間も、何度か下町風俗資料館前に、足を運ぶことがあったが、ミミさんに出会うことはなかった。そんな時は、ミミさんの言葉を思い出し、自らを納得させていた。

「冬はねェ……、冬はもう大変……。桜の季節が待ち遠しいわァ。桜の季節は、結構忙しいのよォ」

そして、桜の季節がやって来た。

私は、その夜、微酔《ほろよい》気分も手伝って、上野の夜桜を見物にでかけた。普段は人影も少ない不忍の池の周囲にも、今夜は上野公園から溢れてきた人々が行き交っていた。

私の足は、それが当たり前のように、下町風俗資料館前に向かっていた。私は久しぶりに、ミミさんに会えるという勝手な期待だけを持っていた。

しかし、下町風俗資料館辺りには、人影もなく、周囲の騒めきとは反対にひっそりとしていた。

〝忙しいのかもしれない……〟私は再び、ミミさんの言葉を反芻《はんすう》して、自分自身を納得させるしかなかった。

そして、春が過ぎ夏が行き、下町風俗資料館前に、ミミさんの姿を見なくなって、一年になろうとしていた。

二〇〇六年、十一月。それは、秋の早い夕暮れ時だった。私はその日も、ミミさんをなんとか手繰り寄せようと、下町風俗資料館前へ行った。しかし、それは、ただ徒労な行為なのだということを、すぐに悟らされた。下町風俗資料館前には、二人のホームレスがしゃがみ込み、暖をとるようにして焼酎を酌み交わしていただけだった。

私は諦め切れずに辺りを見廻した。すると、不忍の池の辺《ほとり》のベンチのそばに、黒いハーフコートを着た背の高い明らかに男娼と思われる彼女《カノジョ》が、ぼんやりと池を見詰めているのが眼に止まった。

私は、彼女に近付くと声をかけた。

「あのォ……」

彼女は、私の言葉にすぐに反応すると、微笑みを返した。

私は、彼女の見下ろすような視線に、少々戸惑いながらも訊ねていた。

「あのォ、すみません、ミミさん知ってますか？　ミミさんを捜しているんですが……」

一瞬、彼女が少し落胆したような表情をしたのが、私にはわかった。しかしすぐに、独得のイントネーションで彼女は話し始めた。

「アーッ、ミミサン？　ミミサン、アサクサ。アサクサ…ノォ、コクサイトォリィ、ワカルゥ？コクサイトォリィ、シテルゥ？　ソコォ、ハイタァ、トコォ、ミミサン、オミセ、タシタヨォ……」

そう言ってから彼女は、白い歯を見せて笑った。

ミミさんが店を出した。私は思いもよらない彼女の言葉に、一瞬、思考が停止したように感じた。それから、何かわからない温もりのようなもの……が、静かに心に広がっていったのを覚えている。

私は彼女に礼を言うと、不忍の池を後にした。上野から浅草まで、地下鉄銀座線に乗り田原町で下りると、私は彼女の言葉を唯一の頼りにして、国際通りを歩いた。そして、国際通りを渡り、浅草六区街の裏手にある閑散とした通りに足を踏み入れていた。薄暗い通りをゆっくりと歩いて行くと、幾つかの居酒屋があった。私は立ち止まり、店の中を覗き込んで見る。通りの暗がりには、ホームレスが背中を見せて食事をしていた。間口の広い立ち呑み屋には、幾人かの客が赤ら顔で談笑しながら、焼鳥を肴に焼酎を食らっている。焼鳥を焼く煙の匂いが辺りに漂い、食欲を刺激する。

と、その時、私の行く手に「ミミ」と書かれた白い看板が見えた。私は急ぎ足で近付いてみる。店の前には細長いテーブルと椅子が、四、五脚置かれていた。中を覗くと、カウンターに、職人風の男と小柄なオバアさんが見えた。白熱灯に照らされた店内は、暖かな空気に包まれ、カウンターの中に、ミミさんが佇んでいるのがわかった。

私は、ゆっくりと引き戸を開けた。瞬間、カウンターの中のミミさんと眼があった。

ミミさんは、一瞬、驚いたような表情をしたが、すぐに、

「あらァ……」

と、言葉を漏らして微笑んだ。

それから、言葉を継ぐようにして言った。

「よくわかったわねェ……。あら、ごめんなさい、立ってないで、こちらにお座りになってェ……」

私は、カウンターの隅に座ると、少し興奮していたのだろうか、早口でしゃべっていた。

「あっ、あの、下町風俗資料館前で、背の高いムコウの彼女に教えてもらったんです。浅草の国際通りの道入った所で、ミミさんがお店を出したって……」

その言葉を聞いて、ミミさんがすぐに反応した。

「ああ、咸《ハム》ちゃん、韓国の子ねェ、まァ、咸ちゃんが教えてくれたの……」

その時だった。カウンターの前に座っていた小柄なオバアさんが、ミミさんに同調するように声をあげた。

「咸ちゃん、咸ちゃん、ママさーん、咸ちゃんイイ子ねェ……」

オバアさんの言葉に、ミミさんは微笑みながら頷いた。

角刈り頭の職人風の男は、すでにできあがっているのか、カラオケの画面を虚ろな瞳で見詰めている。私は、オバアさんは、彼の連れなのかと思っていたのだが、どうやらそうではないらしい。

私は、このオバアさんと、ミミさんの関係がわからないまま、二人の表情を眺めていた。

突然、オバアさんは席をずらすと、私の隣の席に座り親し気に話しかけてきた。

「社長さん……、ママさんとはねェ、あたし、もう長いんですよ……」

そう言いながら、私の背中を指先でゆっくりと摩《さす》った。

私は、少々戸惑いを感じ、曖昧に笑いながらミミさんを見詰め、お酒を注文した。

ミミさんは、私の注文を受けると、オバアさんの顔に、そっと眼を移して呟いた。

「おネエさんにも御馳走してあげてェ……」

私は快諾した。

生ビールと、ミミさん手作りのおひたし、それにオバアさんの日本酒が運ばれる。私とミミさんとオバアさんは、再会を祝して乾杯をした。職人風の男は、酩酊したのか、カウンターで寝息をたて始めた。

私は、この一年余りのことを、矢継ぎ早にミミさんに語った。ミミさんは微笑み、時折頷きながら聞き終えると、静かに話し始めた。

「そうねェ、ここの不動産屋さん、ほら、昔やってた『桜』の不動産屋さんと同じなの。それでェ、私、浅草でね、もう一度お店をやりたいと、ずっと思っていたのね。それで探して……、そしたらァ、今は息子さんの代に変わってるんだけど、昔、私が浅草で店やってた時の支払い証明書？　それが出てきてねェ。きちんと支払いしてたのがわかって、この二階屋を探して貸してくれたわけ。それでェ、下をお店にして、上が住まい、昔と一緒よォ。ここはねェ、土日は六区にある競馬の場外馬券売場あるでしょ、あのお客さんで、てんてこ舞いよォ。普段もねェ、お客さんが来てくれて、常連の方もできたのォ……」

すると、オバアさんがはしゃぐように話に入ってきた。

「そう、社長さん、ママさんはねェ、土曜日なんか朝八時半から店開けてんですから、ねェ、ママさん」

ミミさんは、その言葉を引き取るようにして静かに言った。

「でも、これからね。これからもお客さんに喜んでいただけるとね……」

そう言うと、オバアさんにゆっくりと視線を送りながら呟いた。

「おネエさんはねェ、昔は鬼怒川で芸者さんやってたのォ。それから流れてね、上野で私と会ったわけね……」

オバアさんは、おいしそうにコップ酒に口をつけると、自らの人生を話し始めた。

「社長さん、あたしはね、鬼怒川で芸者をやって、そう何十年もね。でも、どんどん不景気になって、どんどん町も変わってね。そうするとね、どうなるかっていうと、芸売るんじゃなくって、身体売れっていうことになるわけね。でも、あたしはね、社長さん、身体売ってまでね、芸者やるわけにはいかないって……。だから、あたしは、やっぱり芸を売るって、花電車やったんですね。社長さん、花電車知ってます？」

私は、歯茎だけの口許から語られる、オバアさんの話に耳を傾けながらも、社長さんと言われるたびに、居心地の悪い気分になるのだった。

「あっ、知ってますよ、花電車。バナナを切ったり、お金や卵？　を出したり入れたりするんですよね……」

私は、オバアさんの浅黒く枯れた小さな顔を、見詰めながら言った。

「あっ、あたしはね、大根、この位の太さのね、大根を、近所のお百姓さんにいただいて、それを切ったんです……、それでかァ……、股関節を脱臼してね……」

その話を引き取るように、ミミさんが感慨を込めて言った。

「スゴイわねェ、大したもんよねェ、大根切るなんて……」

その声を聞いて、オバアさんは、満たされた表情をしながら、強い口調で言った。

「そう、大変だったの、大変だったのよォ……、でもね、やっぱり芸を売ってね……」

私は、オバアさん、そう、たぶん七十代半ばにはなっているだろう、彼女の話を聞きながら、何気なく店内を見廻した。すると、額縁に入った、モノクロームの二枚の写真が眼に止まった。

「この写真は、誰なんですか……？」

私は、ミミさんに訊ねた。

「あらァ、そっちのは、私がゲイバーのショーで踊っていた時ので、こっちは、『桜』の店での写真ね」

そう言うとミミさんは、懐かしそうに写真を見詰めた。

そこには、コケティッシュな衣装で椅子に座り、ポーズをとる踊り子のミミさんと、カウンターの中、着物姿で撓垂《しなだ》れ、微笑む妖艶なミミさんがいた。

オバアさんが、少し酔いが回ったのか、ゆっくりした口調で言った。

「社長さん、ママさんきれいよねェ、ホントにィ、きれいよねェ」

私は、オバアさんの言葉に同意するように頷いた。

ミミさんは、受け流すように笑いながら、

「あらァー、そォ、嬉しいわァ……、でも、若い時のね、若い時の思い出よね……」

と、言った。

一瞬、ミミさんとオバアさんの心の中に、それぞれの思い出が過ったのだろうか、店内にわずかな空白が漂った。

ミミさんは、そのわずかな時間《とき》を振り払うようにして言った。

「おネエさん、カラオケやってェ。タカベさん、いいでしょ……?」

私は黙って頷いた。

ミミさんは、オバアさんの御箱《おはこ》の曲を用意すると、静かに見守った。オバアさんは、マイクを握ると、カラオケの画面を凝視する。

『風雪流れ旅』

メロディが流れ、画面にタイトルが浮かび上がる。そして、背景に激しい吹雪が映し出ると、オバアさんはふと眼を瞑《つむ》り唄い出した。

ミミさんは、その横顔を、優しい眼差しでいつまでも、じっと見詰めていた。

六章　淡々と生きることさえ難しい

昼と夜の狭間のような、そんな中途半端な気怠《けだる》い時間《とき》だった。桜の季節の喧噪が去り、上野界隈は裏の顔を見せて佇んでいた。

私は、路地から路地を辿りながら上野界隈を徘徊していた。未だ昨夜のなごりなのか、アルコールと煙草の煙、すえた生ゴミの異臭が、湿ったカビくさい臭いと、渾然一体となって道端にはりついている。この界隈にどれくらいいるのかわからぬ猫たちが、決して警戒をゆるめぬ足どりで横丁を走り去り、大ぶりのネズミたちは、息をひそめてそれぞれの店先の下水溝に潜り込んだ。先程まで、大きなゴミ袋を漁っていたカラスたちは、昨夜の人間たちの食べ残しを、辺り一面に散乱させて、上野の森へ帰って行ったのだろうか、今は見ることもない。

疎らな人通りの路上では、着くずれた灰色のスウェットジャージの両手両脚をたくし上げた、赤ら顔で脂ぎったサンダル履きのおニイさんが、携帯電話片手に闇雲にホースで水を撒き、中国エステの看板の、クルクルと回転するイルミネーションの前では、ストレートな長い髪で、艶のない土気色の顔のおネエさんが、やはり携帯電話を握りしめて、声をかけることも忘れたのか、物憂い表情を見せて立っていた。眠ることを知らないような韓国居酒屋からは、バイタリティー溢れる異国の言葉が、焼肉の煙にのって路地にまで聞こえ、店の前では髪を梳《す》くオモニがいる。

氷屋と酒屋のバイクだけが、忙しそうに路上を行き交い、これから来るであろう夜の準備にとりかかっている。

固く鎖《とざ》したシャッターの前の、ほんのわずかな軒下には、先程まであたっていた太陽のぬくもりを確かめるように、家をなくした身なりのよい四十歳過ぎの男が、しっかりと黒いバッグを抱きかかえたまま眠り込んでいる。夜のトバリがおりれば、彼も上野の森のどこかへと、消えてゆくのだろうか……。

もうずいぶん前に店を閉めてしまった、老夫婦でやっていた小さな居酒屋の看板が、取り外されることもなく軒下に掛かっている。胡麻塩頭の頑固そうな親爺さんは、どこへ行ったのだろうか。親爺さんを支えるように、いつも柔和な笑顔を忘れなかったおかみさんは、元気なのだろうか。明かりのつくことのない看板と、何度も変わる店の名が巷に溢れる。

そして私は、黄昏れ疲弊してゆく街の底で、様々な出来事に、言葉にふれた。

花蝶と知り合ったのは、韓国パブだった。はにかむような笑顔が印象的な彼女は、済州島の生まれだという。

私は、わずかな知識の中から、コミュニケートをとるためだけに訊ねている。

「済州島て、日本でいえば沖縄みたいなところ……？」

彼女は、一瞬思いを巡らすようにしてから言った。

「私、ちょっとわからないです。今度勉強してきますね……」

流暢な日本語だった。

そう言ってから、しばらくの間ぼんやりとした表情でいたのだが、突然囁くように言葉を漏らした。

「私、本当は中国人なんです。中国の朝鮮族なんです。ママに、お客さんに聞かれたら、済州島て言いなさいて、言われて……」

花蝶は、吉林省延吉の出身、日本語学校で勉強してから、首都圏にあるK大学に入学、経済を専攻している。

「経済勉強したら、お金儲けできるかなって。一万円が、どういうふうにしたら二万円になるかなって、アハハハハッ。中国は広いから、上海みたいな金持ちの都市もあるし、延吉のような田舎の町もある。私の家は、その中で普通の家ですね。ただ、もっと貧しい所は、すごい田舎です。貧富の差はすごいですよ、貧しいとかわいそうです。家ないから外で寝たり、日本と一緒です」

――豊かになれるものから、先に豊かになれ――鄧小平の大号令のもと、彼女は生きてきた。しかし、朝鮮族の彼女には、ただそれだけではすまない事情が当然あった。

「中国の朝鮮人、差別、それはあるでしょう。まず、一番偉い人にはなれない。たぶん仕事でも、北京とか上海へ行ったら、すごい差別するらしい。人に聞いた話では、書類見て、朝鮮族だとダメって、募集広告でもあるんですよ。朝鮮族はダメみたいに出るんですって。私は見たことはないけどね」

中国にいる時は、朝鮮人であるということを、考えたことはなかったと花蝶は言った。日本へ来てから、自らのアイデンティティに目覚めたという。

「このお店に入るのも、中国人向けの募集広告に朝鮮族を募集してたの。それで面接受けて……。それまでは、毎日、バイトを三つ位やって……、スーパーやマクドナルド、居酒屋にティッシュ配りとか。寝る時間は四時間位しかなかったんです。それでも、生活費と学費払ったら、もうそれでないんです。その頃、ほら、街で立ってるじゃないですか、上野でも。はじめ、あの人たちが中国人だって知らなかったの。そしたら、私の知人が教えてくれたの。あの人たちは、こういう仕事をしてるんだってェ……。うーん、だからァ、もしかしたらね、大変だった時に、私もって……、考えたかも……。今は七時から十二時まで働いて、日給一万三千円貰ってるの。そう、本当に、こんな遊んでて、こんなに貰えるなんて、こんなすごいとこあんのって……。だから、もう前みたいな、あんな惨めな暮しには、絶対に戻りたくない。ただ、本当はね、こういう仕事は、好きじゃないんです」

そして、二年の時間《とき》を経て……。

花蝶は、上司に連れられて店に来た、二十九歳の日本人の彼氏ができたと、電話で知らせてきた。彼は、給料が二十万ちょっとで、彼女より少ないという。高校出だし、将来はあまり見込みはないともいう。ただ、眼が二重で、クリッとしていたから好きだと言った。店も新しい店に移っていた。

三月のやけに寒い日、御徒町駅近くの居酒屋で会った。会うなり彼女は愚痴をこぼし始めた。

「私、不満でいっぱい。私のお客さん、店に連れて行って、一カ月で五十万稼がしたから、私、三十五万貰ってもイイと思うのに、ママは、二十七万しかくれない。私は納得いかない」

見た目にも、苛立っているのがわかった。体調も最悪で、胃痛と膀胱炎、それにうつ気味だという。

「本当は中国に帰って、お母さんにすべてを預けてゆっくりしたい……」

と、彼女は言った。

両親は、日本でこの仕事をしていることは知らない。父親が知ったら、連れ戻されてしまうという。学費に百万、生活費と家賃、その金をどうやって作り出しているのか、きっと両親は不思議に思っていると彼女は言った。

「だけど……、やっぱり、あんな惨めな生活、一日にアルバイト三つ掛け持ちしても、月に十三万にしかならない生活、あんな生活には戻りたくない……」

そう言うと花蝶は、「納得いかない、納得いかない」と、不満気に呟きながら店へと向かうのだった。

ああ、わずかの間にずいぶん変わってしまった……。

――豊かになれるものから、先に豊かになれ――鄧小平の言葉が空しく響いた。


上野仲町通りのフィリピンパブで、入国管理局の手入れがあった。小型バスやパトカーがビルの前に横付けされ、フィリピーナたちが、車の中へ連れ込まれて行く。当然のこととして、彼女たちは俯《うつむ》き、虚ろな表情だった。ヤジ馬が群がり、その光景を遠巻きに眺めている。そして、そのヤジ馬たちの中に、多くの中国人、韓国人ホステスたちもいた。彼女たちの表情はといえば、まるでテレビでも見るかのように、なぜか……、ハシャグように笑っていたのだった。

スナックで、私の隣に座った老産婦人科医は、溜息をつくようにして話し始める。

「どうなっちゃうんですかね、この国は……。今ね、性感染症が恐ろしい程、若い連中の間で蔓延してね。たぶん、その六割はエイズ予備軍になりかねない。私たち治療する方も、感染しないように対策を重視しているんだけど。なんかねェ、この国の能天気な様《さま》がねェ……」

御徒町の端に、祭りが好きで、お御輿《みこし》命の居酒屋の店主がいた。いつもベランメエな口調で、勝手気儘なことを言っては、江戸っ子を気取っていた。

ある夜、店仕舞いをしながら、ふと言葉を漏らした。

「女房が植物人間でねェ、俺も糖尿病でさァ、医者には酒やめろって言われてる。だけど、やめられないんだよ。店だって、こんな具合でいつもかんこ鳥が鳴いてらァ。もう、死んだってイイんだ……」

それから、しばらくして、公園のベンチで朝方死んでるのが見付かったと、人伝《ひとづて》に聞いた。

韓国居酒屋のカウンターで、七十歳を過ぎた在日の親爺さんは、焼酎をかたむけながら言ってくれる。

「ヨン様？　アッハハッ、あれにオバさんが夢中になってるっていったって。あんたァー、オジさんだって、ちょっと前までは、韓国の女には情があるなんていって、韓国パブに大挙して通ってたじゃねェか。日本人は、どっちもこっちも思い込みが激し過ぎて……。でも、まァ飽きるのも早いけどな……」

上野広小路の裏通りを歩いている時だった。夏だというのに、えんじ色の蝶ネクタイ、灰色のスーツをピシッと着て、髪はきれいな七三に分けた男が、私の前に歩み寄って来た。

男はニッコリ笑うと、

「お店、お決まりですか？　もし、よろしかったら……」

と、声をかけた。

私は、曖昧に笑みをつくって男を見詰めた。男は、愛想を振りまくわけでもなく、生真面目な態度で、私の前に立っている。私は戸惑いながらも、いなすように言った。

「あ、友達と居酒屋で待ち合わせで……」

すると男は、急に柔和な笑顔になり、

「あっ、そうですか、楽しんできて下さい」

と、頷きながら言った。

私はなぜか拍子抜けし、あらためて男を見詰め返した。男の顔には、深い年輪が刻まれてはいたが、瞳は、人を洞察するように鋭かった。

私は、男に、少しの好奇心を持ち訊ねていた。

「もう、長いんですか、この仕事……」

男は、顔中に優しい笑顔をつくると言った。

「うーん、長いですかね。八十歳までやってれば長いに決まってますよね。まァ、これしかできないもんでね……。最近、銀座から移ってきたんです。どこも不景気でね……」

ふと、男は、自らの歴史をフィードバックさせたのだろうか、ぼんやりとした表情をみせた。しかし、すぐに自らの生業に目覚めたのか、笑顔を見せると、

「お入りようの時は、声をかけてください」

と言って、再び路上の人となった。

それから、男と何度裏通りで会ったのだろうか……。ある日、男は路上から消えた。

近くにいた客引き仲間に、それとなく消息を訊ねると、最近、亡くなったという話だった。


上野のはずれ、いや、湯島の端っこのある一角に、今夜もイの一番に明かりのつく看板がある。七十歳になるママが経営するスナックの看板だ。重い看板を引きずり出すと、彼女は地下へと潜り込む。潜り込んで、カウンターだけの小さな店でじっと待つ。待つ以外に手はない。じっと待ちながら、彼女は、何を考えているのだろうか……。若い季節の恋愛のことだろうか、あるいは、かつて隆盛した上野駅前の民謡酒場の時間《とき》を思い起こすのだろうか。伴に働いてきた旦那さんは、今、ガンを患っている。

待つ、ひたすら待つ。

地下へと通じる急な階段を下りて来る足音に耳を澄ませ、地上からわずかに聞こえる嬌声に、今夜の上野界隈に思いを巡らせ、遠く近く聞こえるカラオケの歌に、静寂の中の今を肌で感じ、今夜、店のカラオケは鳴るのだろうか。ドアは開かれるのだろうかと……。

それでも立つ、立ち尽くす。カウンターの中で背筋を伸ばし凛《りん》と立つ。

彼女の店に通うようになったのは、偶然だった。かつて、上野広小路の裏通りにあった、なじみの酒場で知り合った、訳有《わけあ》りカップルに連れていってもらったのだ。あの頃は、まだ旦那さんも元気に店に出て、賑やかにやってもいた。また、なぜか訳有りカップルが多い店でもあった。たぶん、彼女がそうさせてもいたのだろう……。

そして、歳月が流れた。彼女が店を閉めると、訳有りカップルが連絡をくれた。最後の客は、私と、二組の訳有りカップルだった。彼女は、寂しさの中、それでも陽気に思い出話を語り、ラストソングに早春賦を唄った。室内に、わずかに震える彼女の歌声が沁み渡った。

今日《こんにち》、空疎などこかで、その場しのぎの都合のイイ言葉が、司《つかさど》るモノたちによって羅列される。景気は「緩やかに回復」と、はたまた「緩やかに下降」と、あるいは「足踏みの中にやや明るさが見える」と……。

そして、決して傷むことのない能天気な面々の、懲りない分析がつづく。

ふと、彼女の言葉が心を過《よぎ》った……。

「私は、何も悪いことはしてないのに……、お坊ちゃま政治家は嫌い……」と。

最後の別れ際、彼女のしがみつくような、縋《すが》りつくような握手が、彼女の不安と焦燥を、私の中に残存したまま、いつまでも離れない。

淡々と生きることを許されることもなく、置き去りにされる者たちの、小さな吐息が街の底から聞こえる。

あとがき

二〇〇二年、『私風俗―上野界隈徘徊日誌』を上梓してから、五年の歳月が流れた。その間も私は、上野という街を、その周縁を彷徨い歩いた。落下してゆく街の風景は、過速度を増し、最早、「ささやかな幸せ」さえも、許されることはない。

景気は、「いざなぎ」を越えたと、検証せざる能天気なマスメディアは喧伝し、マッチポンプのように演出される一過性の情報に、群れたる人々は浮かれ踊らされる。

お願いだから……、その空騒ぎが、気まぐれに、他者への増悪や集団ヒステリーに点火されませんように……。

思考を停止しよう。

だから、一瞬の「夢」を見たかったのだ。「夢」の中で、確かな人にふれたかったのだ。「夢」を紡いでみたかったのだ。

あえて、「偏愛」の海を浮遊しながら、「普遍」という名の岬に漂着する。そんな思いで、ぽつりぽつりと、小さな舟を漕いで出た。

人を描くことには終りがない。

常に現在進行形で歩いてゆく人の、どこをどう切りとって完結させるのか。

立ち止まっては、後ろを振り返り、足許を見詰めては、視線を前へと投げかける。眼の前にいるはずの人は日々変化し、在り来りの結論など見えそうにない。彼らの足跡を辿り追いつき、また辿り、そんな繰り返しの中で、決して追いつけない自分を悟るのだ。

そこで初めて、終りがないことに、私は気付くのだ。

〝それはもう終ったテーマなんです〟と、言えたら、どんなにほっとできるだろうか。

舞さんは、脱SMをはたし、今、OLとして働いている。女性より女性らしく、そう言っていたリィさんは、ニューハーフヘルスから消えた。ノゾムくんは、断続的に町工場で下働きをし、ミスターOからは、今でも時折エアメールが届く。ノーイさんからは、Oの母親が、九十二歳で亡くなったと聞いた。ミミさんは、いつも楽しそうに店を切り盛りし、花蝶は韓国パブを辞め、日本の企業に就職したと連絡があった。そして、カラオケスナックのママとは、連絡がとれなくなったと、訳有りカップルが知らせてくれた。

転がり続ける人々を、いつまでこうして追いかけられるのか、ぼんやりとした不安が、私の心に広がってゆく。

この作品が一冊の本になるにあたって、感謝しなくてはならない方々がいます。土足とは言わないまでも、突然の係わりの中、懐疑と躊躇《ためら》いの心模様を押し留めて、お話を聞かせてくださった方々に、お世話になりました。今、心より、ありがとうを……。

また、雑誌に発表した折に大変お世話になりました、『実話GONナックルズ』、前編集長、久田将義さん、現編集長、中園努さん、そして本書の刊行にご尽力くださった現代書館の村井三夫さんには、心より感謝を申し上げます。

最後に、本書に描かれている人々、および店名は仮名とさせていただきました。

二〇〇七年　秋

高部雨市

主要参考文献

『倒錯のアナグラム』　秋田昌美　（青弓社）　一九八九年
『最暗黒の東京』　松原岩五郎・神郡　周　校注　（現代思潮社）　一九八〇年
『私の上野地図』　山田吉生　（マルジュ社）　一九九四年
『無頼と荊冠』　竹中　労　（三笠書房）　一九七三年
『無頼の墓碑銘』　竹中　労　（KKベストセラーズ）　一九九一年
『金子光晴全集　第十二巻』　金子光晴　（中央公論社）　一九七五年
「カストリ、パンパン、わが青春」　殿山泰司VS小松方正　「東京街娼分布図」（『艶楽書館』一九七七年卯月　みのり書房）
「ゲイと芸のるつぼ浅草」　吉村平吉VS猪野健治「敗戦三文オペラ（その二）」竹中　労（『艶楽書館』一九七七年皐月　みのり書房）
『娼婦の部屋』　吉行淳之介　（角川文庫）　一九七二年
『原色の街・驟雨』　吉行淳之介　（新潮文庫）　二〇〇一年
『自閉症　成人期にむけての準備』　パトリシア・ハウリン著　久保紘章・谷口政隆・鈴木正子監訳　（ぶどう社）　二〇〇〇年
『自閉症の人たちのらいふステージ』　横浜市自閉症児・者親の会編　（ぶどう社）　二〇〇三年
『歴史の上のサーカス』　寺山修司　（文春文庫）　一九七六年
『歴史なんか信じない』　寺山修司　（飛鳥新社）　一九九一年
「男娼の森」　角　達也　（『文藝讀物』　一九四九年二月号　日比谷出版社）

初出一覧

一章　桜の木の上のM嬢　原題同　（『実話GONナックルズ』二〇〇三年七月号　ミリオン出版）再構成し加筆修正

二章　女ケンタウロス　原題同　（『実話GONナックルズ』二〇〇三年十一月号　ミリオン出版）再構成し加筆修正

三章　彷徨する性　（書き下ろし）

四章　逆仕送り行　（書き下ろし）

五章　男娼の森に佇む　（『ノンフィクスナックルズ』二〇〇五年十月号　ミリオン出版）再構成し加筆修正

六章　淡々と生きることさえ難しい　原題「淡々と生きるのさえ難しい」（「街日和」二〇〇三年六月七日　『朝日新聞』）再構成し加筆修正

高部雨市（たかべ ういち）
一九五〇年、東京生まれ。ルポライター。社会の表層から消された小人プロレスラーの無念の笑人生を描いた『異端の笑国―小人プロレスの世界』（現代書館）。人はなぜ走るのか、自然と融合しながら、自由を求める人間の生々とした表現としての〝走る行為〟を追求した『走る生活』（現代書館）。東京上野界隈の風俗的なる人々との濃密な交流を通して、この国の社会を逆照射する『私風俗―上野界隈徘徊日誌』（現代書館）等。現在は、終焉をむかえた「小人プロレスの世界」を完結させるために、取材中。

風俗夢譚――街の底を歩く――

二〇〇七年十一月三十日 第一版第一刷発行

著　者　高部雨市
発行者　菊地泰博
発行所　株式会社 現代書館
東京都千代田区飯田橋三―二―五
郵便番号　102-0072
電　話　03（3221）1321
ＦＡＸ　03（3262）5906
振　替　00120-3-83725

組　版　美研プリンティング
印刷所　平河工業社（本文）
東光印刷所（カバー）
製本所　ブロケード

校正協力・東京出版サービスセンター

高部雨市　著
私風俗
上野界隈徘徊日誌

東京の下町、上野界隈に生まれ育った著者が、幼き頃の記憶を重ね、今の上野界隈を徘徊し続ける。いわゆる風俗に働く人たちや外国人労働者・ホームレスの人たちと出会い、彼らの人生を描き出すなかで、日本のバブル期からその崩壊への社会を写し出す。

２２００円＋税

高部雨市　著
異端の笑国
小人プロレスの世界

プリティ・アトム、リトル・フランキー、コブッチャー、ミスター・ポーン、天草坊主等々、絶妙の演技で我々に豊かな笑いを提供してくれた小人プロレスラーたち。その笑いが消えようとしていた時代の、彼らの人生に肉薄する異色のドキュメント。

１８００円＋税

高部雨市　著
走る生活

人はなぜ走るのか。本来、人は生活の必要性に応じ本能的に走っていた。しかし現在は五輪をはじめスポーツとして、企業のイベント、宣伝に利用され、市民マラソンも例外ではない。そこには競争の原理が貫かれ、現代社会の人間関係の縮図がある。

２０００円＋税

朝倉喬司　著
「色里」物語めぐり
遊里に花開いた伝説・戯作・小説

中里介山、泉鏡花、十返舎一九、深沢七郎、永井荷風、広津柳浪、近松門左衛門、樋口一葉等々の色里を舞台に書かれた名作と、著者自らのフィールドワークを重ね合わせ、今も残る当時の面影の断片からユニークな想像力で色里を再現する渾身の力作。

３０００円＋税

谷川健一　著
明治三文オペラ
巫娼から遊女へ

民俗学者・谷川健一が明治百年にあたる一九六九年に、シンガポールなどのアジアで活躍した実在の女衒をモデルにした戯曲の書き下ろした「明治三文オペラ」を収録。「からゆきさん」の遊女性を巫娼から解き明かし近代以前の性愛を民俗学的に解明する。

２０００円＋税

赤松啓介 vs. 上野千鶴子／介錯・大月隆寛
猥　談
近代日本の下半身

赤松啓介の体験した村の夜這い、寄せ場、町工場さらには商家などでの近代化とは異質な男と女の性の関係性からみえてくる明治から現在までの社会のあり様を探る。ツッコミの上野とボケの赤松、それが時には逆転する対談はスリリングで超面白い。

３０００円＋税

定価は二〇〇七年十一月一日現在のものです。